Die Rückkehr

Jasmin Düringer

Impressum

Bibliografische Information der Deutschen Nationalbibliothek:
Die Deutsche Nationalbibliothek verzeichnet diese Publikation in der Deutschen Nationalbibliografie; detaillierte bibliografissche Daten sind im Internet über http://dnb.dnb.de abrufbar

© 2016 Jasmin Düringer
Herstellung und Verlag:
BoD – Books on Demand, Norderstedt

Lektorat und Korrektorat: Marlies Lüer

ISBN: 9783746047263

Inhalt

IMPRESSUM 5

INHALT 6

VORWORT 8

TEIL 1 11

PROLOG 12

DIE SCHULE 14

TAGEBUCHANFÄNGE 19

AUF DEM WEG ZUR AMBULANTEN BETREUUNG 34

FRÜHLING 42

KUNSTTHERAPIE 54

SCHULE 59

LIEBES TAGEBUCH 67

ERSTES GESPRÄCH 76

DER ANRUF UND DIE ERSTEN WOCHEN 81

JUGEND 94

TEIL 2 98

WAS DANN GESCHAH 99

TEIL 3 112

EINLEITUNG 113

GIBT ES GOTT? 114

ERSTE ERLEBNISSE MIT GOTT 150

NIE MEHR OHNE GOTT............................... 167

WEITERE BÜCHER 183

DANKESCHÖN...185

Vorwort

Der Weg zu Gott und der Weg mit Gott ist nicht immer einfach. Aber es ist garantiert der richtige! Einfache Wege wären doch langweilig, nicht wahr? Wenn wir den einfachen Weg wählen, mögen die Herausforderungen vielleicht kleiner sein. Aber an Herausforderungen lernen und wachsen wir. Wir würden nicht lernen, wie wir ein Problem anders oder besser lösen könnten. Oder sogar lernen, wie wir es vielleicht sogar vermeiden könnten. Ihr seht, Probleme sind nicht unnütz, sie sind gut, auch wenn wir sie nicht unbedingt mögen. Jedes Mal wenn wir ein Problem gelöst haben, wachsen wir daran und werden stärker.

Ähnlich ist es mit dem Weg mit Gott, wenn wir uns dafür entscheiden. Gott stellt uns vor Herausforderungen, aber keine ist so groß, dass wir sie nicht bewältigen könnten. Gott hilft uns immer. Alles was wir tun müssen, ist Gott die Türe zu öffnen und ihn hineinzulassen. Er wartet vor der Tür eines jeden Menschen. Nur bemerken es viele nicht. Sie denken, Gott muss kommen und mir helfen, aber sie denken nicht daran, ihm die Tür zu öffnen. Denn Gott kommt dann zu uns, wenn wir es wollen und es zulassen. Nur nach Gott zu schreien nutzt nichts, wenn wir es nicht auch zulassen. Ein Problem ist sicherlich auch, dass viele die Türe zwar erst aufmachen, doch sie sehen Gott nicht gleich. Das führt bei vielen Menschen dazu, dass sie die Türe wieder schließen. Ein Fehler. Denn auch wenn wir Gott nicht gleich sehen, er ist doch da. Vielleicht in einer Form, in der wir ihn nicht sofort erkennen können. Wenn das der Fall ist, müssen wir die Türe einfach geöffnet lassen und ihn bitten hereinzukommen. Das kann Gott nur, wenn wir uns vor ihm nicht verschließen.

Öffnet die Türen zu euren Herzen und ihr werdet reich beschenkt werden.

Teil 1

Altes Leben

Prolog

Schon mit 17 Jahren musste ich Psychopharmaka nehmen. Erst zu diesem Zeitpunkt hatten meine Eltern bemerkt, dass etwas nicht in Ordnung war. Ich war eine hervorragende Schauspielerin. Sie hatten nichts bemerkt. Dabei konnte ich schon lange nicht mehr richtig schlafen und hatte schlechte Laune. Doch die zeigte ich nicht. Vor meiner Familie war ich die gut gelaunte, artige, fleißige Tochter. Nach außen hin - nur mein Inneres kannte niemand. Nur ich selbst und das auch nicht immer. Oft war ich am Boden zerstört und wusste nicht warum. Meine Gedanken drehten sich im Kreis. Alles tobte wild durcheinander. Einen klaren Gedanken zu fassen, war schlicht unmöglich.

Und dann kam alles anders, so wie ich es mir nie zu träumen gewagt hätte.

Kapitel 1

Die Schule

Heute war der erste Tag in der neuen Schule. Ganz schön aufregend. Viele neue Gesichter von Menschen, die ich nicht kannte. Von überall her kamen sie, denn diese Schule in der Hauptstadt vom kleinen Vorarlberg war die einzige ihrer Art. Der erste Eindruck der Klassenlehrerin war recht gut. Sie scheint eine freundliche Person mit großem Herz zu sein. Ich glaube, das lag wohl auch daran, dass sie ihren Job gerne macht – wie ich später erfuhr. Schon in der ersten Woche hatten wir einen Tag nur für die Klasse. Wir durften die hintere Wand ganz nach unserem Belieben gestalten. Dabei kam eine orangefarbene Wand mit ein paar fröhlichen Streifen raus. Sah echt toll aus. Diese gemeinsame Tätigkeit stärkte auch die Klassengemeinschaft. Viele hatten schon ihre Grüppchen von der vorherigen Schule. Aber auch wir untereinander hatten uns etwas zu erzählen.

Der einfachste Weg, viele neue Leute kennen zu lernen, ist wohl, in eine neue Schule zu gehen. Dort herrscht ein buntes Treiben. Groß, klein, sportlich, modebewusst, musikalisch – einfach alles gemischt. Da kann durchaus manch eine neue Freundschaft entstehen.

Die ersten Tage vergingen schnell und der erste Religionsunterricht kam. Fast die ganze Klasse hatte sich davon abgemeldet, so waren wir sechs

Personen, die den Religionsunterricht besuchten. Da wir uns untereinander kaum kannten und auch keinerlei Bekanntschaft zur Lehrerin bestand, machten wir zuerst eine kurze Vorstellungsrunde. Bei mir angekommen, brachte ich kaum einen Ton raus. Ich war krank, hatte kaum mehr eine Stimme, starken Husten und fühlte mich nicht wohl. Das fiel auch den anderen auf, besonders aber unserer Professorin. Die Stunde war recht interessant, wir konnten den jeweils anderen ein bisschen besser kennenlernen. Wir erfuhren, was die anderen gerne machten und so war die Stunde dann auch schnell um. Am Schluss hielt mich unsere Religionslehrerin dann noch auf, um kurz mit mir zu sprechen. Sie bemerkte, dass es mir nicht gut ging und sprach mich darauf an. „Warum bist du in diesem Zustand in der Schule? Du gehörst eigentlich ins Bett!"

Ich wusste nicht recht, was ich antworten sollte. Zuhause fiel mir ein, dass sie erwähnt hatte, dass sie die leitende Social-Networkerin in der Schule ist. Nach längerem Hin und Her entschloss ich mich, ihr ein Mail zu schreiben. In diesem erzählte ich ihr von der angespannten Situation zu Hause und dass ich eben trotz starker Erkältung in die Schule gehen musste. Wir kamen ins Gespräch und schon bald hatte ich einen Termin bei ihr. Leicht aufgeregt machte ich mich in einer Freistunde auf dem Weg zu ihrem Büro. Mit unsicheren Schritten ging ich die letzten Meter zur Türe des Zimmers und klopfte. Ich musste nur ganz kurz warten, bis sie mir die Tür öffnete und mich hereinbat. So schüchtern wie ich war, redete ich nicht wirklich viel, aber das Eis brach schnell und so konnte ich ihr doch ein bisschen erzählen. Die 50 Minuten vergingen wie im Flug und wir machten gleich den nächsten Termin aus. Diese Schule war riesig. So viele Gänge, Stiegen und Räume. Wir verliefen uns oft, bis wir dann zu dem richtigen Raum kamen. Gerade am Anfang war dieses Schulgebäude sehr verwirrend für uns. Nach ein paar Wochen gewöhnten wir uns daran und lernten immer wieder neue Wege und Möglichkeiten, an das Ziel zu kommen. Mit der Social-Networkerin blieb ich weiterhin im Kontakt.

Kapitel 2

Tagebuchanfänge

Zu dieser Zeit begann ich auch ein Tagebuch zu führen. Zwar etwas unregelmäßig, aber ich schrieb immer wieder einen Text.

Einer der ersten Tagebucheinträge war dieser:

Warum wird Pech von Pech angezogen und Glück von Glück? Warum kann Pech nicht auch Glück anziehen? Warum geht so viel schief im Leben? Warum passieren immer mehr unglückliche Dinge, wenn es einem sowieso schon schlecht geht?

Heute weiß ich, dass viel an den eigenen Gedanken liegt. Die Gedanken und die Worte, die ich ausspreche, haben Macht. Mehr Macht, als manch einer zu denken wagt. Wenn es mir nicht gut geht und ich darum schlechte Gedanken habe, mich selbst frage, was wohl als nächstes Schlimmes passieren mag. Dann wird auch wieder etwas Schlechtes passieren. Klar ist es schwer umzudenken. Vor allem dann, wenn sich die schlimmen Dinge nur noch aneinanderreihen und kein Ende zu nehmen scheinen. Aber genau dann ist es wichtig, die Gedanken und Worte in die andere Richtung zu steuern. Wenn ich das nicht selbst schaffe, muss ich schauen, dass ich das von einer außenstehenden Person zu hören bekomme. Nur sollte man sich vergewissern, dass dieser Mensch es gut mit einem meint. Manch einer denkt sich dann so bei sich wahrscheinlich, dass das, was diese Person sagt, alles nur Schwachsinn ist. Dass derjenige keine Ahnung von der Materie hat. Und wir neigen dazu, diesen blöd anzufahren. Genau das ist aber die falsche Reaktion. Dieser will uns dazu bewegen umzudenken, auch wenn es schwer ist. Dann sollten wir uns zusammenreißen und wenigstens versuchen zu denken, dass es jetzt wieder besser wird. Noch besser wäre es, wenn wir es uns laut vorsagen. Denn dann haben die Worte mehrfach Macht. In Gedanken, in der Aussprache und im Hören.

Meinem Tagebuch konnte ich vertrauen. Ich konnte ihm alles erzählen. Es war ein geduldiger Zuhörer, der nicht auch nur einen blöden, überflüssigen Kommentar von sich gab.

„Es ist einfach schön, dass es dich gibt, liebes Tagebuch."

Zu dieser Zeit verlor ich in einem kurzen Zeitraum 3 Menschen, die ich kannte. Einen davon mochte ich gerne. Wenn ich mich recht erinnere geschah dies innerhalb eines Monats. So kam dann auch der nächste Eintrag in mein Tagebuch zustande.

Warum nimmst du mir all die Menschen, die mir wichtig sind? Ich weiß nicht, wer du bist. Ich kenne dich nicht. Und sei froh, dass ich dich nicht kenne, denn ich wüsste nicht, was ich dann mit dir tun würde. Aber sag mir doch eines. Gib mir irgendein Zeichen. Warum tust du das? Warum nimmst du mir all die wichtigen Menschen in meinem Leben? Gib mir eine Antwort, denn ich weiß nicht, was ich getan habe, dass ich das verdiene. Also, WARUM?

Natürlich konnte mein Tagebuch mir keine Antwort geben. Aber es tat gut, Ballast ablassen zu können. Einfach loszuwerden, was mir auf dem Herzen lag Mein Tagebuch wurde zu meinem besten Freund, mit ihm konnte ich alles – wirklich alles – teilen. Ganz egal, was es war. Und so sagte ich ihm auch dies:

Warum bist du nicht hier bei mir? Warum nicht? Gerade jetzt, wo es doch so schön wäre. Jetzt wo ich dich brauchen würde! Ich brauche dich so sehr, Säle! Wo bist du jetzt? Warum kannst du mir keine Antwort auf meine Fragen geben? Ich vermisse dich doch! Vermisse dich so sehr! Deine Stimme, dich als Mensch, dein Geruch, deine einfühlsamen Hände und die Umarmungen. Wo bist du nur? Ich werde dich nie vergessen – das steht fest. Doch wenn ich bei dir wäre, bestünde nicht einmal das Risiko, dass die ganzen Erinnerungen an dich verloren gehen. Denn ich bin dann bei dir! Kann deine Stimme hören, deine Hände spüren, dich in den Arm nehmen und dich sehen! Und das ist noch viel schöner als nur die Erinnerungen in mir zu behalten. Mit dir sprechen, auch wenn du nie besonders viel geredet hast. Aber du gabst mir ein spezielles Gefühl. Es war die innere Verbindung zwischen uns.

Aber ich glaube, wir hätten uns viel zu erzählen nach dieser langen Zeit. Es ist mir vorgekommen wie eine Ewigkeit, doch eigentlich war es nur etwas mehr als ein Jahr. Doch schon bald werde ich bei dir sein. Nicht mehr lange und ich darf dich endlich in den Arm nehmen – für immer. Aber kannst du dich an mich erinnern? Du wusstest nicht mehr wer ich war, warst viel zu verwirrt. An was hat das gelegen? Ich konnte dich auf einmal nicht mehr besuchen gehen. Nicht mehr dorthin wo du normalerweise warst. Musste auf einmal auf den Friedhof kommen. Das ist zu viel für mich. Damals dachte ich, ich komme damit klar, dass du nicht mehr auf dieser Welt bist. Doch ich habe gemerkt, dass es einfach nicht geht. Ich vermisse dich so sehr. Ich wollte dir doch nur noch ein letztes Mal sagen, dass ich dich lieb habe.

Doch bald kann ich es dir sagen und dir dabei in die Augen sehen. Bald werde ich für immer bei dir sein. Hör zu, es dauert nicht mehr lange. Ich liebe dich.

Als ich diesen Text geschrieben habe, liefen die Tränen nur noch so über mein Gesicht. Hier geht es um eine so innige Verbindung zwischen Säle (Oma) und Enkelin, wie man es sich kaum vorstellen kann. Es hat uns so viel verbunden. Heute, ein paar Jahre später, kann ich sagen: Uns verbindet noch viel mehr, als mir damals bewusst war. Und in meinem Herzen wird meine liebe Großmutter immer einen Platz haben, auch wenn sie nun an einem anderen Ort verweilt. Wenn meine Zeit gekommen ist, werde auch ich dort sein und werde die Ewigkeit mit ihr verbringen dürfen. Darauf freue ich mich schon sehr. Aber erst muss ich meinen Auftrag von Gott auf dieser Erde erfüllen. Und das mache ich gerne. Gott zu dienen ist ein wunderbares Geschenk. Es ist ein großes Geschenk. Zu dieser Zeit entstanden noch viel mehr Texte und auch Gedichte zum Thema Vermissen. Einige davon hier:

Ich schreie in die Welt hinaus

Doch keine Antwort kommt zurück

Ich schreie wo bist du

Doch ich höre nichts

Ich schreie ich brauch dich

Ich brauch dich um zu leben

Doch wieder keine Antwort

Ich habe aufgegeben zu schreien

Denn keine Antwort kommt zurück

Jetzt weine ich

Auch wenn du es nicht hörst

Ich weine weil ich dich so vermisse

Und du es nicht hören oder fühlen kannst

Wo bist du?

Sag es mir doch

Aber es geht nicht

Sprich mit mir

Tu es doch einfach

Aber es geht nicht

Nimm mich in den Arm

Es wäre so schön

Aber es geht nicht

Denn du bist nicht mehr hier

Wo bist du?

Verdammt, ich vermisse dich doch so sehr

Mein Schatz..

Ich weiß, du kannst mich nicht hören

Alles ist irgendwie so kompliziert

*Dabei möchte ich dir doch nur sagen,
dass ich dich vermisse*

Mein Schatz, ich vermisse dich so sehr

So weit weg

So weit entfernt von dir

So weit weg von dir

Ich weiß noch nicht mal wie weit

Denn ich weiß nicht wo du bist

*Auch wenn ich es so gerne wissen
würde*

Ich weiß es einfach nicht

*Ich möchte doch einfach nur bei dir
sein*

In deiner Nähe

Doch wie soll das denn bitte gehen

*Wenn ich doch gar nicht weiß wo du
bist*

Verdammt, wo bist du nur?

Ich muss dich finden!

You aren't here

Where are you?

I don't know it

But I want to know

I have to find you

But how?

Ask you without getting an answer?

Go to the place you are under me?

Are you under or above me?

Are you in an other world?

Are you here on earth?

Where are you?

I miss you so much

Ja, meine Säle fehlte mir sehr. Natürlich vermisse ich sie auch heute noch. Aber nicht mehr so oft und so stark wie damals. Denn heute weiß ich, dass es ihr gut geht, dort wo sie jetzt ist. Denn ich weiß, dass sie im Himmel ist für die Ewigkeit. Und ich weiß, dass es dort keine Schmerzen, keine Tränen, kein Leiden gibt. Im Himmel gibt es nichts Negatives. Ich weiß, dass ich sie wiedersehen kann und sie kann alles tun, was sie tun will und was sie damals vor dem Tod nicht mehr tun konnte. Und dieses Gefühl ist wunderbar. Einfach schön. Der Tod trennt uns nicht für immer. Es gibt ein Wiedersehen. Und diesem Wiedersehen blicke ich mit Freude entgegen.

Kapitel 3
Auf dem Weg zur ambulanten Betreuung

Ein- bis zweimal die Woche ging ich zu unserer Social-Networkerin. Das half mir schon ein wenig. Aber nach ein paar Wochen musste sie feststellen, dass sie selbst nicht mehr weiterkam. Sie war doch etwas überfordert mit meiner Problematik. Da wir eine Schulärztin mit der Zusatzausbildung zur Psychologin hatten, schickte sie mich zu ihr. Zwei Gespräche bei der Ärztin reichten, um sagen zu können, dass ich eine fixe ambulante Betreuung außerhalb der Schule brauchte. So wurde mir ans Herz gelegt, dass ich doch zur damaligen pgd (Psychosoziale Gesundheitsdienste) gehen solle. Erst kam ich mir komisch vor und in meinem Kopf schwirrte der Gedanke herum, dass es doch gar nicht so schlimm sei mit mir. Auf der anderen Seite fühlte ich mich ein bisschen zwischen den Orten hin und her geschoben. Schlussendlich überwand ich mich und suchte die Telefonnummer des pgd aus dem Telefonbuch raus. Mit etwas zittrigen Händen griff ich nach meinem Handy und wählte die Nummer. Es kostete mich ein wenig Überwindung, den grünen Knopf zu drücken. Eine freundliche Stimme erklang. Meine neue Betreuerin hieß Andrea. Schon in einer Woche hatte ich den ersten Termin bei ihr. Ich musste nur noch im Internet nachschauen, wo genau das war. Dass es in Dornbirn war, wusste ich inzwischen. Aber welche Straße – keine Ahnung.

Bald war es soweit und ich machte mich auf den Weg. Mit der Linie 6 fuhr ich zu der angegebenen Bushaltestelle. Nach kurzem Suchen fand ich die Beratungsstelle und setzte mich auf den nächstfreien Stuhl im Wartebereich. Es war ganz nett eingerichtet und schon etwa zwei Minuten später kam eine Frau auf mich zu. Sie fragte mich, bei wem ich einen Termin hätte. Ich sagte: „Bei Andrea." Und die Antwort ihrerseits: „Ach, dann bist du die Jasmin und kommst zu mir." Der erste Eindruck war schon mal gut. Ich war gespannt wie sich das weiterentwickeln würde. Wir stellten uns ein bisschen vor und ich erzählte von meinen Problemen. Wir beschlossen, uns jede Woche einmal zu treffen. Sie war wirklich sehr bemüht, mir zu helfen. Es war zwar ihr Job und man müsste meinen, es wäre doch klar. Aber das ist auf keinen Fall selbstverständlich. Sie übte diesem Beruf mit Leidenschaft aus. Das merkte ich gleich. Schon bald kristallisierte sich heraus, dass mir auch eine Kunsttherapie guttun würde, da ich recht kreativ war und viel zeichnete. Beim nächsten Termin sollte ich meine Zeichenmappe mitbringen, was ich dann auch tat. Kurzfristig fragte Andrea mich, ob es ok wäre, wenn die Kunsttherapeutin hinzukäme um meine Bilder anzusehen, falls sie Zeit hätte. Sie verschwand schnell für ein paar Minuten und kam dann mit einer anderen Frau zurück ins Büro. Ganz nett begrüßte sie mich und stellte sich auch gleich vor. Die Art, wie sie sich vorstellte, entlockte mir ein Lächeln. Als sie ihren Namen aussprach, formte sie mit der Hand ein großes C und hielt sie vor ihr Auge. Sie war echt begeistert von meinen Bildern und sagte zu mir, von der Technik her, müsse sie mir wohl nicht mehr viel zeigen. Da könne sie eher von mir lernen.

Kapitel 4

Frühling

Die Zeit verging schnell und es war bereits Ende April. Das war die Zeit, in der sich meine Allergien bemerkbar machten. Und da kam der Tag, an dem ich einen Apfel und ein Sojajoghurt aß. Es stellte sich schon kurz darauf heraus, dass dies keine gute Mischung war und mit der Verbindung zum Heu, das überall frisch gemäht auf den Wiesen lag, verheerend war. Erst bekam ich einen Ausschlag. Meine komplette Haut errötete und schwoll an. Dann kam noch hinzu, dass ich ernste Atemprobleme bekam. Erst traute ich mich kaum, zu meiner Mutter zu gehen. Es blieb mir aber nichts anderes übrig, da es immer schlimmer wurde. Bei meinem Anblick erschrak sie ein wenig. Sie ließ ihre Arbeit stehen und gleich darauf stiegen wir ins Auto und fuhren zum nächsten Arzt. Schnell stellte sich heraus, dass ich einen Allergieschock hatte, der dringend behandelt werden musste, da er sonst tödlich enden könnte, da es mir die Luft abschnitt. Ich lag ein paar Stunden beim Arzt, der mich mit Infusionen und Spritzen behandelte. Nach etwa einer halben Stunde schlugen die Medikamente an und ganz langsam aber sicher verbesserte sich mein Zustand. Er hatte mir das Leben gerettet. Jetzt hieß es für mich weder Apfel, noch Soja essen. Dabei mochte ich doch beides so gerne. Besonders Soja, denn ich war Vegetarierin. Völlig fertig und erschöpft verließ ich das Krankenzimmer und wir fuhren wieder nach Hause. Inzwischen war es dunkel und ich fiel nur noch in mein Bett.

In mein Tagebuch schrieb ich am nächsten Tag:

Du spürst wie du anfängst zu zittern

Am ganzen Körper

Du versucht es zu unterdrücken

Es geht nicht

Dein Gesicht und deine Arme

Sie fühlen sich an als würden sie brennen

Unter Feuer stehen

Sie sind knallrot und geschwollen

Du bekommst keine Luft mehr

Du ringst um Atem, aber es geht nicht

Du bist zu schwach

Dein Herz rast

Und du siehst kaum noch etwas

Jeder Versuch zu atmen ist höllisch

Dein gesamter Kreislauf bricht
zusammen

Du liegst da und spürst die Schmerzen

Aber auch wenn du dich dagegen
wehren möchtest

Du kannst dich nicht dagegen wehren

Denn du kannst nicht mehr laufen

Deine Beine tragen dich nicht mehr

Du bist zu schwach

Du hast keine Kraft mehr

Sie ist verbraucht

Du weißt nicht wie ich mich fühle

Wie viel Angst ich habe

Wie es sich anfühlt, wenn du einen Allergieschock hast

Wie es sich anfühlt, wenn sich Panik in deinem Körper breit macht

Du weißt gar nichts

Weder von mir

Von meinem Leben

Von meinem Fühlen

Oder von sonst was

Ich hatte keine Ahnung, dass dieser Allergieschock Auswirkungen auf meine Lymphknoten hatte. So ging ich wieder zur Schule. Eine Woche später wurde mir total übel. Wir hatten gerade Mathematik und es wurde immer schlimmer. Vor lauter Schmerzen wurde mir schwarz vor Augen. Ich fiel nicht um, aber ich war einfach nur noch fertig. Ich konnte nicht mehr. Schlussendlich fand ich die Kraft um zu fragen, ob ich schnell auf die Toilette durfte. Ich konnte kaum laufen und hielt mich die paar Meter Richtung WC an der Wand fest, um nicht umzufallen. Als ich dort in den Spiegel sah, erschrak ich vor mir selbst. Ich war nicht blass, ich war schneeweiß. Ich hatte bis jetzt noch nie jemanden gesehen, der so eine Gesichtsfarbe hatte. Ich ging wieder zurück ins Klassenzimmer und die Mathestunde war bald um. Zu meiner Tischnachbarin sagte ich, ich würde zur Religionslehrerin gehen und fragen, ob ich mich in ihrem Raum ein bisschen hinlegen dürfe. Vor ihrer Tür wartete ich bis sie kam. Erst wusste sie sich nicht wirklich einen Rat. Bis dann auch meine

Betriebswirtschaftsprofessorin den Gang entlang kam. Als sie mich sah, rannte sie los. Ich muss echt schrecklich ausgesehen haben. Ich durfte mich nicht hinlegen, ich solle lieber gleich in Krankenhaus gehen, entschied sie.

Damit hatte ich jetzt überhaupt nicht gerechnet. Aber die Schmerzen überzeugten mich dann doch und so fuhr man mich ins Krankenhaus. Sie schickten mich erst in die Innere. Als ich dann dort auf dem Untersuchungsstuhl saß, war die erste Frage, ob ich den Blinddarm noch hatte. Daran hatte ich ja überhaupt nicht gedacht. Und ja, ich hatte ihn noch. Sie waren entsetzt, warum ich dann auf der Inneren gelandet war. Darauf wusste ich natürlich auch keine Antwort. Die Ärzte sagten, ich müsse in die Chirurgie. Ich erschrak. In die Chirurgie? Bitte nicht! Ich kam also in die andere Abteilung und wurde gleich drangenommen. Aber ich durfte nicht mehr laufen und so wurde ich mit dem Rollstuhl durch die Gänge geschoben.

In der Chirurgie wurde mir dann gleich Blut abgenommen und gleichzeitig einen Zugang gelegt, um mir Medikamente zu verabreichen. Nebenbei machte eine andere Ärztin einen Ultraschall, mit dem sie herausfinden wollte, ob es am Blinddarm lag. Eine halbe Stunde untersuchte sie mich, mit verschiedenen Aufsätzen suchte sie meinen Blinddarm. Aber sie fand ihn nicht. Er musste so gut versteckt sein, dass sie keine Chance hatte ihn zu finden. Nach etlichen Versuchen, gab sie dann auf. Aber ich musste erst mal hierbleiben. So wurde ich mit dem

Rollstuhl auf die Station gefahren. Eigentlich war mir das nicht recht, aber es war zu meinem Besten. Und falls doch etwas sein sollte, war ich gleich vor Ort. Wenn bis morgen früh alles gut war, konnte ich wieder nach Hause. Das war dann doch ein bisschen Hoffnung. Und so dachte ich positiv, dass ich morgen wieder nach Hause gehen könne. Aber der Arzt machte mir einen Strich durch die Rechnung. Nach etwa einer Stunde kam er mit den Blutergebnissen. Die Entzündungswerte waren viel zu hoch. So kam ich um die OP nicht herum. Ich hatte Angst. Als der Arzt mir die Vorgehensweise erklärte, wurde die Angst auch nicht wirklich weniger. Wie sollte ich das wieder meiner Mutter erklären? *Du Mama, ich bin im Krankenhaus und werde gleich operiert.* Das konnte ich doch nicht einfach so am Telefon sagen. Aber es blieb mir nichts Anderes übrig, schließlich wäre ich eigentlich schon längst von der Schule zu Hause. Also rief ich sie dann doch an. Ich sagte ihr, dass ich im Krankenhaus sei und dass mein Blinddarm raus müsse.

Da ich gleich als nächstes dran kam, schaffte sie es nicht mehr, vor der OP hier zu sein. Mir wurde erklärt, dass die Operation eine halbe Stunde, höchstens aber eine Stunde dauern würde. Gut, dass ich das alles durch die Vollnarkose nicht mitbekam. Als ich aufwachte, hatte ich irre Schmerzen, obwohl ich an der Infusion hing. Und ich bemerkte, dass ich da etwas in der Nase hatte. Aber was war das? Ich traute mich kaum nachzuschauen, aber die Neugierde war dann doch größer. Oh Gott, ich hatte einen Schlauch in der Nase. Bald schon kam ein Arzt in das Zimmer und erklärte mir, dass es Komplikationen gegeben hatte und ich darum am Sauerstoff hing. Außerdem hatte die Operation an sich viel länger gedauert als geplant gewesen war. Nämlich 2 ½ Stunden. Der Blinddarm war so gut versteckt gewesen, dass er kaum zu finden war. Der Übeltäter war nun raus, jetzt konnte er mir nicht mehr zum Verhängnis werden. Wegen der Komplikationen musste ich 5 Tage stationär bleiben.

Ich liege hier

Schon lange

Schon seit Tagen liege ich nur

Doch selbst im Liegen

Selbst so tut es weh

Jeder Atemzug schmerzt

Er brennt im Hals

Und tut höllisch weh im Bauch

Und alles nur wegen dem ...

Alles nur wegen der Operation

Ich kann nicht mehr

Ständig weine ich

Immer und immer wieder

Ich kann nicht aufhören

Doch der Schmerz

Der wird nicht weniger

Sondern mit jedem Weinen stärker

Ich bin am Ende

Ich kann nicht mehr

Kapitel 5
Kunsttherapie

Ungefähr eine Woche war vergangen, nachdem die Kunsttherapeutin gekommen war um meine Bilder anzuschauen. Ich hatte den ersten Termin bei ihr. Natürlich mussten auch wir uns erst kennenlernen. Und so redeten wir erst ein wenig. Aber dann kam gleich die erste kreative Aufgabe, die ich zu meistern hatte. Und das bedeutete für mich: Ein Bild malen, wie ich mich gerade fühlte. Nun gut, das war gar nicht so einfach. Ich überlegte lange und malte schließlich mit schwarz auf das Blatt Papier. Eine schwarze Gestalt in einem dunklen Raum, alles war schwarz. Mit Müh und Not war die Person zu erkennen. So war es also, ich fühlte mich irgendwo im Dunkeln verloren. Wusste nicht, wo ich überhaupt stand, wo ich war, wer ich war. Das schlimme Gefühl überwältigte mich. Ich redete nicht mehr. Ich war auch sonst nicht sehr gesprächig – aber jetzt war ich wirklich still. Kein Wort kam mehr aus meinem Mund. Durch die Zeichnung wurde mir klar, dass ich verloren war. Einsam und verloren.

Zu dieser Zeit wurden auch die Schlafstörungen schlimmer und ich kam nicht darum herum, zu einem Arzt zu gehen. Meine Betreuerin Andrea begleitete mich. Der Kinder- und Jugendpsychiater redete ein Fach-Chinesisch, welches ich nicht verstand. Es war gut, dass sie dabei war. Denn sie kannte sich ein bisschen damit aus. An diesem Tag wurden mir die ersten Tabletten verschrieben. Es war ein Antidepressivum, das zusätzlich die Wirkung hatte, mich müde zu machen, damit ich in der Nacht schlafen kann. Also noch schnell einen Sprung zur Apotheke vorbei und dann ab nach Hause. Inzwischen war ich psychisch sehr instabil und so kam es schon bald dazu, dass ich mehr Medikamente nehmen musste. Was mich zu einem weiteren Tagebucheintrag brachte:

Ich liege hier

Und alles schmerzt

Ich kann nicht mehr

Meine Kraft ist aus

Bin total verwirrt

Und bin durcheinander

Und alles nur von diesem Schmerz

Und von den Tonnen Tabletten

Ich ernähre mich praktisch nur noch
von ihnen

Esse sonst fast nichts mehr

Kann nur mit Tabletten schlafen

Spüre den ganzen Tag nichts als
Schmerzen

Schmerzen und Leere

Sonst ist da nichts

Ich kann nicht mehr

Das Gefühl, mich nur noch von Tabletten zu ernähren, ließ nicht nach. Es ging mir immer schlechter. Aber vor meinen Eltern ließ ich es mir nicht wirklich anmerken. Wenn ich vor sie trat, war ich immer die Starke. Tat, als sei alles gut. Dabei war nichts gut. In meinem Inneren zerbrach ich immer mehr. Auch wenn ich es nie zugeben hätte.

Kapitel 6
Schule

Auch in der Schule ging alles den Bach hinunter. Eigentlich war ich es gewohnt, gute Noten zu schreiben. Doch selbst in Betriebswirtschaft und Englisch – worin ich eigentlich gut war – schrieb ich Fünfen. Ich verzweifelte, denn ich lernte und lernte. Aber ich bekam einfach nichts in meinen Kopf hinein. Ein Gefühl des Versagens kam immer wieder hoch. Das Aufsteigen in die nächsthöhere Klasse war in Gefahr. Natürlich erzählte ich auch meinem Tagebuch davon.

Schau mich an

Ich bin ein Nichts

Zu allem zu blöd

Selbst für die Schule

Da `ne 5

Und dort `ne 5

Mir ist das zu viel

Ich lieg am Boden

hab meine Kräfte verbraucht

Kann nicht mehr

Hab den Glauben aufgegeben

hab mich aufgegeben

Denn..

Ich kann und will nicht mehr

Mein Kampf ist zu Ende

Die eine Freundschaft, die ich in der Schule hatte – wie konnte es anders sein – zerbrach ebenfalls. So kam ich mir noch viel mehr als Versager vor. Ich wurde immer verzweifelter. Irgendwie machte ich alles falsch. Aber ich wusste noch nicht einmal, was es genau war, was ich falsch machte. Wo der Fehler lag. Ich konnte suchen wo und so lange ich wollte. Aber ich fand nichts.

Weißt du wie es sich anfühlt

Wenn du nicht zeigen willst wie schlecht es dir eigentlich geht

Wenn du mit den Anderen mitlachen willst

Nur damit du den Schein erzeugst

Es geht dir gut

Jedes Lachen ist ein lauter Schrei

denn ich weiß wie es sich anfühlt

Schau mir nur einmal in die Augen

Dann würdest du sehen, dass alles vorbei ist

Das alles nur gespielt und gelogen ist

Jedes noch so kleine Lächeln

Auch der nächste Tagebucheintrag kam geschwind. Nämlich gleich am nächsten Tag. Momentan hatte ich meinem Tagebuch viel zu erzählen. Denn nur ihm konnte ich sagen, wie ich mich wirklich fühlte. Wie es mir wirklich ging.

Schau mich an

Verdammt, schau mir in die Augen

Dann erst kannst du sehen wie es mir wirklich geht

Schau mich an

Du wirst sehen, dass ich ein Krüppel bin

Schau mich doch an

Ich bin für nichts zu gebrauchen

Nicht mal fähig mein Leben zu leben

Zu Nichts bin ich fähig

Selbst um gute Freundschaften zu erhalten

Selbst dazu bin ich zu dumm

Sieh mich an und du wirst alles sehen

Die ganzen Lügen an mir

Die ganze Wahrheit in meinen Augen

Sieh mich an und du wirst alles sehen

Ja, ich lebte in der Lüge. Der Lüge, es ginge mir gut – den anderen gegenüber. Keiner kam auf die Idee, daran zu zweifeln oder mir wirklich einfach in die Augen zu schauen. Denn ich spielte meine Rolle perfekt. Was wohl das einzige war, was ich noch hinbekam.

In der Schule hatte ich in zwei Fächern zusätzliche Prüfungen, weil ich zwischen „Genügend" und „Nicht Genügend" stand. Und das ausgerechnet in den zwei Fächern, in denen ich mich eigentlich leicht tat. Englisch und Rechnungswesen. Ich lernte ohne Pausen, obwohl ich wusste, dass nichts in meinen Kopf rein ging. Aber ich wollte es schaffen. Ich konnte es mir nicht leisten. Gerade ich, die in der Handelsschule zu den zwei besten Schüler im Abschlussjahr gehörte. Und dann auch noch die Abschlussprüfungen mit gutem Erfolg bestand und so zu den Top 6 zählte.

Die Zeit verging schnell und das Schulende nahte. Mit einem

Ungenügend im Zeugnis konnte ich also in die nächsthöhere Schulstufe aufsteigen. Ich hatte es geschafft. Trotzdem fühlte ich mich als Versagerin.

Kapitel 7

Liebes Tagebuch

Inzwischen traute ich keinem Menschen mehr, nur noch meinem Tagebuch, da ich wusste, dass ich ihm wirklich alles anvertrauen konnte. Vor den Mitmenschen versteckte ich es immer sehr gut, denn ich wollte nicht, dass diese das alles mitbekommen. Ich hätte es ihnen ja auch direkt selbst sagen können, wäre dies mein Ziel gewesen wäre. Und so folgten in dieser Zeit einige Tagebucheinträge. Ein paar davon lauteten so:

Höre meine Worte

Und du denkst es geht mir gut

Sehe mein Lachen und du denkst es geht mir gut

Doch schau nicht in mein Inneres

Schau mir nicht in die Augen

Denn dann merkst du

Dass alles Lügen sind

Am Tag der Zeugnisvergabe lag ich abends im Bett und weinte. Ich konnte – wie jeden Tag – nicht schlafen. Ich fühlte mich alleingelassen, einsam und schwach. Es war der Seelenschmerz, der mich plagte und mir keine Ruhe ließ. Gleichzeitig fühlte es sich an, als wäre ich leer. Als würde nichts um mich herum sein, nichts in mir drinnen. Einfach nur Leere. Und so entstand folgender Eintrag:

Schau mich an

Schau mir ins Gesicht

Es ist schmerzverzerrt

Der Ausdruck meiner Augen

Er ist leer

Und ausdruckslos

Ich fühle nur den Schmerz und die Leere

Wie sich mich langsam auffrisst

Wie mich der Schmerz zerschlägt und zerreißt

Leere ist da

Ich halte mich an mir selbst fest

Ich klammere mich fest an mir selbst

Ich halte meine Brust fest umschlungen

Sonst würde sie zerreißen

Sie würde in tausende Einzelteile zerfallen

Und zerspringen vor Schmerz

Ich klammere mich an mich selbst

Nur mein Gesicht zeigt Schwäche

Es ist mit Schmerz erfüllt

Meine Augen leer

Ich kann nicht mehr

Zusammen mit meiner Betreuerin und dem Psychologen beschlossen wir, dass ich eine stationäre Therapie nötig hatte, um aus diesem Loch wieder herauszukommen. Erst war mir das gar nicht recht. Denn von früher war der Ruf dieses Krankenhauses so, dass dort nur die Geisteskranken hinkommen. Die wirklich Geisteskranken. Heute war das natürlich anders. Es war ein normales Krankenhaus, nur eben nicht für Menschen mit Knochenbrüchen etc., sondern für Menschen mit psychischen Problemen. Und – was ich noch nicht wusste – dort war auch die neurologische Station Vorarlbergs. Wenn jemand also ein neurologisches Problem hatte, wie zum Beispiel Epilepsie, kam er auch dort hin. Bevor ich den Termin für das erste Gespräch hatte, griff ich immer wieder zur

Flasche. Es war zu dieser Zeit die einzige Möglichkeit für mich, ein bisschen Abstand zu gewinnen. Auch wenn die Probleme am nächsten Tag wieder da waren, aber dann konnte ich ja wieder etwas trinken. Und so musste jeden Tag eine Flasche Wodka daran glauben. Nur meinem Tagebuch vertraute ich dies an:

Warum muss alles so kompliziert sein? Niemand kann mir eine Antwort auf meine Fragen geben. Aber warum nur? Selbst ich weiß keine einzige Antwort. Alles was ich weiß ist, ich trinke so viel Alkohol wie noch nie zuvor, auch wenn es keine Lösung ist. Aber wenn ich trinke, kann ich wenigstens schlafen, sonst sind die Nächte viel zu lang. Zu lang für mich.

Der Alkohol ist schon zu meinem Freund geworden, er hilft mir meine Sorgen zu vergessen, zu schlafen und etwas Spaß zu haben. Steht irgendwo eine offene Flasche, ist sie bald leer, ist keine im Haus, finde ich im Supermarkt eine, doch auch diese bleibt nicht lange voll und es muss eine neue her. Dinge sind passiert, die nicht verzeihbar sind, zumindest noch nicht jetzt. Mit Alkohol kann ich diese Dinge für einige Stunden fast aus der Welt schaffen. Zu viel ist passiert, zu viel, um verzeihen zu können. Einfach unmöglich. Weil es viel zu viel ist. Geschehnisse über Geschehnisse, viele davon unverzeihbar. Doch warum sind sie passiert? Und wer ist schuld daran? Etwa ich? Und wenn nicht ich, wer sonst? Es gibt so viele Fragen und Rätsel, die unlösbar sind oder vielleicht auch nur so scheinen. Doch *für mich sind die Fragen und Rätsel unlösbar und die Dinge, die passiert sind, unvergesslich und noch viel mehr unverzeihbar. Es geht einfach nicht und ich glaube, ich möchte auch nicht, dass ich es verzeihen könnte. Denn dann würde ich mir alles gefallen lassen und dies ist – da bin ich mir sicher – nicht der richtige Weg, Probleme zu lösen und Fehler zu beheben. Es wäre nicht der richtige Weg, es wäre zu einfach.*

Heute sehe ich die Sache anders. Sicher ist das, was passiert war, nicht in Ordnung. Aber vergeben heißt nicht, dass man sagt, es ist ok so. Vergeben macht frei, du kannst wieder leben. Dem anderen ist es wahrscheinlich egal, ob du ihm verzeihst oder nicht, aber für dich selbst ist es wichtig, dass du wieder leben kannst, sonst macht es dich mit der Zeit kaputt.

Kapitel 8

Erstes Gespräch

Die Entscheidung, dass ich nach Rankweil ins Krankenhaus gehen werde, stand so gut wie fest. Und so kam es dann auch zum ersten Gespräch mit der zuständigen Ärztin. Meine Mutter fuhr mit mir zum Krankenhaus, wo wir uns mit meiner Betreuerin trafen. Da wir nicht wussten, wohin wir genau mussten und uns auch sonst nicht auskannten in diesem Krankenhaus, trafen wir uns schon am Eingang. Nach wenigen Metern mussten wir feststellen, dass dieses Krankenhaus sehr verwinkelt war. Wir hätten nie allein hingefunden. Gut, dass Andrea mit dabei war. Schon das Warten stellte sich als Herausforderung dar. Einmal kamen etwa 5 Polizisten mit einem Betrunkenen vorbei. Dann kam aber der Oberhammer. Plötzlich gesellte sich ein Mann in mittlerem Alter zu uns, er blieb vor uns stehen. Das wäre ja nicht so schlimm gewesen. Aber plötzlich fing er an, uns ein Ständchen zu singen. Meine Mutter schaute mich an, als wäre sie in einem falschen Film. Ich jedoch sah die Ruhe meiner Betreuerin und so konnte auch ich halbwegs gelassen bleiben. Das gehörte hier oben, so glaube ich, ein bisschen zum Alltag. Etwa eine Viertelstunde später wurden wir aufgerufen. Die Ärztin stellte mir Fragen, über die ich mir noch nie wirklich Gedanken gemacht hatte. Und es ging auch um Themen, die mir mega unangenehm waren. Wie etwa, ob ich schon jemals den Gedanken gehabt hatte, mir das Leben zu nehmen. Leider musste ich diese Frage mit Ja beantworten. Ich würde also in stationäre Behandlung gehen, es musste nur noch ein Platz frei werden. In der Zwischenzeit konnte ich heimgehen. Man würde mich dann anrufen, wenn es soweit war. Die Fahrt nach Hause verlief recht ruhig, wir redeten nicht viel. Ich glaube, uns beiden lag das Gespräch etwas schwer im Magen. In den darauffolgenden Tagen war die Stimmung im Hause nicht viel anders als davor. Ich war wie immer zu 95% in meinem Zimmer, das Rollo unten. Es ging mir immer schlechter. Lange würde ich nicht mehr aushalten können.

Ständig frisst du alles in dich hinein

Du unterdrückst ein Weinen

Du kämpfst mit den Tränen

*Doch immer wieder schluckst du sie
mit aller Kraft hinunter*

*Man kann dir den Kampf richtig
ansehen*

Du ringst um Luft

Wieder werden deine Augen feucht

Immer wieder

*Und immer wieder schluckst du sie
hinunter*

Frisst die Traurigkeit in dich hinein

Sie brennt in deinem Inneren

Doch plötzlich bist du zu schwach

Und alles was du geschluckt hast

Alles bricht aus

Und es tobt

Alles kommt heraus

Tränen laufen dein Gesicht hinunter

Doch in deinem Inneren brennt es
immer noch

Es lässt nicht nach

Jetzt hast du Beides

Tränen und der innere Schmerz

Kapitel 9

Der Anruf und die ersten Wochen

Endlich kam der erlösende Anruf vom Krankenhaus. Es war Freitag und schon am Montag konnte ich kommen. Es stellte sich mir aber schon die nächste Herausforderung. Denn ich hatte keine Ahnung, was man bei so einem stationären Aufenthalt alles brauchte. Klar, die üblichen Dinge wie Zahnbürste und so. Aber Kleidung – wie viel kann ich da mitnehmen? Kann ich die Wäsche oben waschen? Wieviel brauche ich wirklich? Und was alles? Es war Sommer. Brauchte ich nur kurze Hosen und T-Shirts oder brauchte ich auch einen Pulli und eine lange Hose. Ich war schlicht und einfach überfordert. Das konnte ja noch lustig werden. Aber ich war zu feige, jemanden zu fragen, ob ich alles hatte oder ob ich noch etwas brauchte.

In der Annahme, dass ich alles wichtige dabei hatte, fuhren wir am Montag los in Richtung Krankenhaus. Wir redeten kaum, alles war still. Nur das Radio trällerte fröhlich Musik. Oben angekommen, fanden wir bald einen Parkplatz in der Nähe des Eingangs. Wir begaben uns zur Anmeldung, die dort war, wo wir das erste Gespräch gehabt hatten. In diesem verwinkelten Gebäude verliefen wir uns fast, fanden aber dann doch noch zum richtigen Raum. Eine Krankenschwester holte mich dort ab, meine Mutter kam noch mit, machte sich dann aber gleich wieder auf den Weg nach Hause. Der Weg auf die Station, die sich O2 nannte, war noch viel komplizierter und ich dachte so bei mir: Da finde ich nie wieder raus! Die Station war etwas anders als in einem üblichen Krankenhaus. Gleich bei der Eingangstüre befand sich links das Schwesternzimmer, rechts an der Wand entlang waren Zimmer. Direkt nach dem Schwesternzimmer war die Teeküche. So etwas hatte ich in einem Krankenhaus noch nie gesehen. Es war eine Eckbank und ein Tisch im hinteren Bereich. Davor befand sich eine kleine Küchennische, wo sich ein Geschirrspüler, Tassen, Teller, Besteck, Kaffeepulver und auch ein Wasserkocher befand. Nach einem Gang von etwa 20 Metern ging eine Türe links hinein, dort war dann ein Wohnzimmer — sogar mit

Fernsehgerät – und dahinter der Speiseraum, wo alle gemeinsam aßen. Mein Zimmer war am Ende des Ganges, es war ein Zweibettzimmer.

Das Gefühl, das in mir vorherrschte, war äußerst komisch: Ich kam mir fehl am Platze vor. War ich wirklich so krank, dass ich hier in einem Krankenhaus sein musste? Plötzlich wusste ich gar nichts mehr. Meine Gedanken drehten sich im Kreis. Alles wirbelte kreuz und quer in meinem Kopf herum. Meine Stimmung nahm rapide ab. Das Gemüt war eigentlich eh schon nicht gut. Aber jetzt war ich den Tränen nahe. Kurz darauf kam eine andere Krankenschwester herein und machte mit mir das Aufnahmegespräch. Was sie alles wissen wollte, war schlicht der Wahnsinn. Ich redete nicht viel und je mehr Zeit verging, desto ruhiger wurde ich. Aber nicht ruhig in Gedanken, sondern in Worten. Schließlich sah sie ein, dass es keinen Sinn mehr hatte, das Gespräch fortzuführen und brach es ab. Ich war noch nicht einmal mehr fähig, die Klamotten in den Kasten zu räumen oder mich ins Bett zu legen. Ich saß auf dem Stuhl, die Beine an mich gezogen und umschlang mich mit den Armen selbst. Ich klammerte mich an mir fest. Ich hatte keine Kraft mehr, etwas zu tun. Stunden vergingen, in denen ich auf dem Stuhl saß und mich nicht einen Zentimeter rührte. Ich war komplett in meiner eigenen Welt gefangen, von der Außenwelt – der realen Welt – nahm ich nichts mehr wahr. Das Abendessen ließ ich komplett ausfallen. Irgendwann fand ich mich im Bett wieder, schlafen konnte ich trotzdem nicht. Von den ersten Tagen hier auf der Station weiß ich nicht mehr viel. Meine Tabletten wurden höher dosiert und es wurde ein MRT vom Kopf gemacht, sowie ein EEG. Aber der Rest der ersten paar Tage fehlt mir. Der Tod meines Säles (=Oma) war gerade einmal zwei Jahre her. Für manche reichte diese Zeit, sich damit zu arrangieren und damit klar zu kommen – abschließen zu können. Aber für mich war es, als wäre sie erst gestern von dieser Welt gegangen. Und da kam es über mich – ich weinte ewig. Ich konnte mich nicht beruhigen – keine Chance. Jemand bemerkte mein Weinen und versuchte mich zu trösten. Aber sie schaffte es nicht. Trotzdem gab sie nicht auf, nahm mich einfach in den Arm und ließ mich nicht mehr los. Nach etwa einer Stunde musste sie dann zur Therapie, aber sie wollte mich nicht mir selbst überlassen. Im Wohnzimmer auf dem Sofa saß eine andere Frau, die sich nun um mich kümmerte. Ich legte mich auf die Couch und mein Kopf fand sich in ihrem Schoß wieder. Vorsichtig streichelte sie mich am Kopf und versuchte, mich zu beruhigen. Aber auch sie kam nicht zum Erfolg. Es verging wieder einiges an Zeit – ich glaube es war etwa eine halbe Stunde – dann kam eine Krankenschwester, ich solle mitkommen und mit ihr reden. Aber ich wusste nicht, was ich ihr sagen sollte. Ich kam mit ins Schwesternzimmer und sie war ganz nett zu mir. Sie war nicht viel älter als ich, vielleicht fünf Jahre. Und sie sagte mir, dass sie gerne für mich da ist. Ein Satz traf mich mitten ins Herz: „Du bist für mich wie eine kleine Schwester!" Wow – ich war baff. Das hätte ich jetzt echt nicht gedacht. Ich meine, wer rechnet schon damit, das von einer Krankenschwester zu hören? Also ich jedenfalls nicht. Aber dieser eine Satz tat gut, wenn auch nur für kurze Zeit. Da es aber auch sie nicht wirklich schaffte, mich zu beruhigen, holte sie den Arzt und redete mit ihm. Daraufhin bekam ich ein Beruhigungsmittel, da ich schon fast drei Stunden am Stück weinte und ich mich einfach nicht beruhigte.

Das Leben ist so unfair

Gütig mit vielen Menschen

Böse mit manchen Menschen

*Aber nur mit einzelnen Menschen
höllenhaft*

Das Leben ist ungerecht – ja

*Aber warum ist gerade mein Leben
die reinste Hölle*

*So schlimm, dass jeder Atemzug
schmerzt*

Ein großes Loch ist in deinem Herzen

Wenn du morgens merkst

Du lebst noch

Du musst jetzt aufstehen

*Warum merkst du den ganzen Tag
über wie das schwarze, tiefe Loch
immer noch dunkler und größer wird*

*Um abends dann am Abgrund auf
den steinharten Boden geschleudert
zu werden*

*Das Leben ist einfach nur unfair,
ungerecht*

Und von mir gehasst

So dachte ich zu diesem Zeitpunkt über das Leben. Ich war einfach nur überfordert und wusste auf nichts mehr eine Antwort. Ich wusste nicht mehr, wer ich war. Wo ich überhaupt hingehörte.

Am Nachmittag saßen wir zusammen in der Teeküche und redeten. Plötzlich fragte ein jüngerer Mann, wieso wir hier seien. Ob wir auf gut Deutsch einen „Dachschaden" hätten. Ja, wir waren alle darum hier. Weil es uns psychisch nicht gut ging. Dann fing er an, auf jeden einzelnen zu zeigen und zu jedem immer wieder zu sagen, er hätte einen Dachschaden. Wir trauten uns nicht mehr viel sagen. Seine Aussagen wurden immer krasser. Die da drüben im Schwesternzimmer würden uns alle umbringen wollen, sagte er, aber bevor die Ärzte und Pfleger das machen würden, würde er uns umbringen. Wir saßen wie gebannt da und trauten uns nicht mehr uns zu rühren. Glücklicherweise bekamen die Pfleger und Schwestern das mit und sofort holten sie einen Arzt. Zu sechst brachten sie diesen jungen Mann auf eine geschlossene Station, da er eine Bedrohung für alle war.

Am nächsten Tag schlossen wir uns zusammen und gingen am Nachmittag ein wenig Laufen. Hinter dem Krankenhaus gab es sehr viele Möglichkeiten und Wege. Ich lief am Ende der Gruppe und da sprach mich eine Frau an, sie kam mir sehr bekannt vor. Ich konnte sie allerdings nicht wirklich zuordnen. Wir kamen ins Gespräch und es stellte sich heraus, dass sie meine Tante war, die eigentlich in Wien wohnte. Sie war etwas durcheinander von den vielen Medikamenten, denn erst meinte sie, ich sei ihre Cousine, was altersmäßig nicht ging. Aber wir waren verwandt. Damit hatte ich überhaupt nicht gerechnet. Im selben Krankenhaus, auf derselben Station, Verwandtschaft zu finden. Von nun an redeten wir mehr miteinander. Denn sie war schon länger nicht mehr in

Vorarlberg und so konnte ich ihr etwas über unsere große Familie erzählen. Gott spielte in ihrem Leben eine große Rolle. Er war ihr Wegbegleiter.

Kapitel 10
Jugend

Die ersten zwei Wochen vergingen wie im Flug. Plötzlich meinte meine Ärztin, ich solle mit ins Büro kommen. Ich dachte mir nicht viel dabei, aber das, was sie dann sagte, brachte mich vollkommen aus dem Konzept. Ich solle auf eine andere Station – nämlich die Jugendstation – verlegt werden. Und das passte mir so gar nicht. Gerade erst hatte ich mich hier eingewöhnt und jetzt sollte ich schon wieder gehen? Ich weinte bitterlich. Auf der Jugendstation galten ganz andere Regeln und zudem hatte ich das Alter eigentlich schon überschritten. Normal musste man die Station kurz vor dem 18ten Geburtstag bereits verlassen. Ich war aber schon ein halbes Jahr achtzehn. Diese Entscheidung, die die Ärzte hier getroffen hatten, traf mich wie ein Messerstich in den Rücken. Ich war nicht mehr eine Jugendliche. Ich war stolz 18 zu sein und rechnete überhaupt nicht damit, dass so entschieden wurde. Da ich mich nicht mehr beruhigte, gaben sie mir wieder ein Beruhigungsmittel und ich schlief den ganzen Nachmittag über. Die Ärztin behauptete, dass dies schon von Anfang an so geplant war. Nur wusste niemand darüber Bescheid. Weder ich, noch meine Eltern oder Andrea. Aber es blieb mir nichts anderes übrig. So ging ich mit einer Krankenschwester hinunter zur Jugendstation, um sie mir anzusehen. Ich erschrak sehr über die Regeln, die da herrschten. Am Mittag und am Abend je 60 Minuten Zimmerstunde. In dieser Zeit bekam man das Handy. Besuchszeiten nur am Mittwochnachmittag und sonntags. Viel Programm. Ich fühlte mich echt schlecht. Das konnte doch nicht wahr sein. Nach diesem Besuch auf der anderen Station weinte ich wieder sehr. Ich sagte, ich würde lieber heimgehen als da runter. Ich reagierte nur noch aus Trotz. Ich wusste mir nicht mehr anders zu helfen. Und so kam dann auch schon wieder ein Beruhigungsmittel ins Spiel. Am Tag darauf sollte es dann soweit sein. Alle waren eher trübsinnig gestimmt, denn wir hatten eine gute Gruppe. Meine Sachen gepackt und mit einer Krankenschwester auf dem Weg in das etwas tieferliegende Haus, rannte noch ein Mitpatient hinterher und brachte mir ein Kinder Maxi King, sowie auch von allen einen recht herzlichen Abschiedsgruß. Und schon wieder stiegen mir die Tränen in die Augen.

Teil 2

Zwischen-

zeit

Kapitel 11
Was dann geschah

Ich verbrachte sechs Monate auf der Jugendstation. Ein paar Dinge, die ich dort erlebte, waren gut – Nudeln selbst machen, diverse Ausflüge. Aber wenn ich an die Zeit zurückdenke, fallen mir meist die schlechten Sachen ein, da diese doch sehr überwogen. Ich war mit meinen 18 Jahren die Älteste auf der Station und darum war ich wohl auch an allem Negativen was passierte „schuld". Nur um ein paar wenige Beispiele zu nennen: Es wurde Alkohol hinterm Haus gefunden – ich war schuld. Einer der Jugendlichen haute ab – ich wüsste Bescheid. Sie behaupteten mehrmals, ich hätte Drogen genommen – aber die

Drogentests waren immer negativ. Nach diesem halben Jahr wollten sie mich rausschmeißen.

Ich wusste aber, dass ich noch weiter Hilfe brauchte und mit der Unterstützung meiner Mutter schaffte ich es, auf eine andere Station verlegt zu werden. Es ging dann wieder ins Haupthaus hinauf auf die Station, die sich U1 nannte. Die Zeit dort war gut. Wir strichen ein Zimmer neu und ich durfte die Schrift gestalten. Alle waren super nett und man half sich gegenseitig. Silvester lag in dieser Zeit, aber das verschlief ich komplett. Von U1 kam ich nach einer Weile in die sogenannte Villa. Das war wieder ein extra Haus, in dem man viel Wert auf die Selbstständigkeit der Patienten legte. Jeder war zum Putzen und Kochen eingeteilt. So konnte man sich gut auf das wahre Leben vorbereiten, das da draußen auf jeden einzelnen von uns wieder wartete. Insgesamt war ich elf Monate in Rankweil im Krankenhaus. In dieser Zeit nahm sich leider auch meine liebe Tante das Leben. Ihre Beerdigung war nach der von meinem Säle die heftigste, die ich erlebt habe. Um nur ein Beispiel zu nennen: Der Bruder der Verstorbenen hielt eine kurze Rede, dabei überkam ihn eine so tiefe Trauer, dass er mit der Hand gegen das Pultmikrofon schlug, so dass dieses durch die Luft flog

Danach zog ich nicht mehr nach Hause zu meinen Eltern, sondern in eine Wohngemeinschaft in Dornbirn in der psychisch kranke Menschen wohnten. Dort hatten wir untertags Betreuung und auch ein fixes Programm. Auch fing ich dann an, zwei Vormittage in die Werkstatt zu gehen, um so mehr

Struktur im Alltag zu bekommen. Schon nach nur einem Monat wurde ich stark rückfällig und ich war suizidgefährdet. So brachte man mich mit der Rettung wieder nach Rankweil. Dort kam ich auf die geschlossene Station und so viele Medikamente in Form von Infusionen, dass mir diese Zeit komplett fehlt. Ich weiß gar nichts mehr. Im Nachhinein erfuhr ich, dass mich meine Mutter jeden Tag besuchen kam und Kleidung war auch auf einmal da, ohne dass ich wusste, von wo sie gekommen war. Danach wurde ich wieder auf die Station U1 verlegt. Nach einiger Zeit war die Gefahr gebannt und ich durfte wieder zurück in die Wohngemeinschaft.

Nach einem Jahr beschloss ich, mir eine eigene Wohnung zu suchen, ich wollte nicht mehr länger in dieser WG bleiben, weil ich merkte, dass es mir nicht mehr gut tat. Und so wagte ich den nächsten Schritt. Lange musste ich nicht suchen, ich hatte Glück, schon nach zwei Wochen fand ich in Schwarzenberg eine Wohnung, in die ich gleich einziehen konnte. Inzwischen arbeitete ich in einem Arbeitsprojekt in derselben Werkstatt. Das Dienstverhältnis war auf zwei Jahre begrenzt, aber bis dahin wäre ich sicher ganz fit. So mein Gedanke. Bei der Arbeit lernte ich jemanden kennen, in den ich mich schnell verliebte, obwohl ich erst ziemlich frisch aus einer Beziehung kam, die gescheitert war. Nach etwa drei Wochen Kennenlernen kamen wir auf der Weihnachtsfeier als Paar zusammen. Die erste Zeit war toll und schon nach drei Monaten verlobten wir uns. Wir suchten bereits nach etwa acht Monaten gemeinsamer Zeit eine eigene Wohnung, fanden aber beim besten Willen keine. Hätte ich damals gesehen, dass das ein Zeichen sein könnte, wäre wohl die ganze restliche Geschichte anders ausgegangen und ich hätte Gott wahrscheinlich nie kennengelernt. So heirateten wir erst und zogen dann in eine gemeinsame Wohnung. Und genau dort wendete sich das Blatt. Ich war wieder einmal die Böse, machte alles falsch und nichts recht. Ich durfte nichts mit Kollegen und meiner besten Freundin unternehmen. So verlor ich in dieser Zeit meine beste Freundin. Nicht mal am Abend zwei Stunden Fußballspielen. Ja, noch nicht mal in ein anderes Zimmer der gemeinsamen Wohnung, um ein bisschen zu zeichnen. Ich sagte dann einmal: „Gut, ich hol meine

Zeichenutensilien ins Wohnzimmer und mach das neben dir, während du fern siehst." Aber diese Reaktion, mich anzuschreien, machte mich einfach nur kaputt. Ich konnte nicht mehr. So schrieb ich dies in mein Tagebuch:

Hör endlich auf damit

*Hör auf mit dem verdammten
Schreien*

Verdammt nochmal, hör auf damit

Dein Schreien macht alles kaputt

Merkst du das nicht?

Alles zerbricht daran

Mein Herz

Es tut weh

Selbst dein Herz

Doch wenn du darauf kommst

Dann wird es längst zu spät sein

Dein Schreien macht alles kaputt

Verdammt, hör auf damit!

Alles zerbrach in tausend Einzelteile. Ich fühlte mich wie in einem Hochsicherheitsgefängnis. Es änderte sich nichts – nein – es wurde immer schlimmer. Und so kam es wie es kommen musste. Ich beendete die Beziehung und forderte die Scheidung. Das auszusprechen kostete mich die größte Überwindungskraft, denn inzwischen hatte ich nur noch Angst vor dieser Person, die eigentlich mein geliebter Ehepartner sein sollte. Diese Angst und diese Situation löste bei mir dann auch Bulimie aus, welche die Diagnose war, die ich etwa vier Monate danach bekam. Die Scheidung war mit sehr viel Zeit und hohen Kosten verbunden. Gerichtsverhandlung und so weiter. Leute, bevor ihr heiratet, überprüft nicht nur einmal ob es wirklich passt. Schaut, ob es von Gott kommt. Durch die Scheidung verlor ich auch das Dach über meinem Kopf. Ich konnte erst mal in der Wohnung einer guten Arbeitskollegin unterkommen. Ich war ihr sehr dankbar dafür. Aber der Vermieter bekam davon Wind und war gar nicht begeistert. Er stellte mir ein Ultimatum von drei Tagen, dann musste ich raus sein. Panik kam in mir hoch, denn ich hatte nichts, wo ich hätte hingehen können. Mir blieb nur die Straße.

Ich kontaktierte meine Betreuerin und zusammen mit ihr telefonierten wir jede Notschlafstelle durch. Nichts – niemand hatte Platz. Es blieb nur noch das Kaplan Bonetti. Der Ruf war nicht gut. Dort waren viele Alkoholiker und auch einige Drogenabhängige. Aber das war mir jetzt erst mal egal, Hauptsache, ich hatte ein Dach über dem Kopf und musste nicht im Freien übernachten. Ich hatte endlich Glück und konnte am Montag dort einziehen. Aber meine Freude währte nicht lang und wandelte sich wieder in Angst um. Schon am zweiten Tag bekam ich Morddrohungen. Ich traute mich nicht mehr aus dem Haus. Schließlich ging ich zur Polizei und machte eine Aussage. Die Morddrohungen kamen von zwei Menschen, die das auch ohne mit der Wimpern zu zucken durchziehen würden. Sie bekamen erst mal Hausverbot und durften sich nicht mehr auf dem Gelände bewegen. Die erste Gefahr war also gebannt und so traute ich mich wieder aus dem Haus. Aber trotzdem bestimmte Angst mein Leben und ich ging nur aus dem Haus, wenn es wirklich notwendig war. Bei dem kleinsten Geräusch zuckte ich zusammen und schaute um mich. Die Zeit im Bonetti war sehr schwierig für mich. Es gab auch gute Momente, aber mir ging es sehr schlecht.

Wieso hast du das Recht, das zu tun?

Von wo hast du das Recht?

Sag es mir doch

Sag mir wieso du das tust

Wieso du mir alles Wichtige nimmst

Sprich mit mir, Teufel

Verdammt, du hast nicht das Recht alles zu zerstören!

Mein ganzes Leben zu zerstören

Lass mich doch einfach in Ruhe!

In all der schwierigen Zeit im Bonetti hatte ich eine Person, die sich immer um mich kümmerte. Zweimal die Woche war sie da und kümmerte sich rührend um mich. In dieser Zeit verletzte ich mich fast jeden Tag neu. Mein Körper war übersät mit Schnittwunden. Sie verband mich immer neu, ohne dass sie mir irgendwelche Vorwürfe machte. Sie versuchte mich aufzubauen und redete mir gut zu. Wenn es mir einmal zu schlecht ging, um herunterzukommen, kam sie zu mir hoch ins Zimmer. Sie tat alles Mögliche, was in ihrer Macht lag. Sie war mein Halt, weil ich wusste, dass ich einen Menschen hatte, der da war, der mich nicht im Stiche ließ. DANKE BERNIE! Ich danke dir von Herzen!

Teil 3

Neuanfang

mit Gott

Einleitung

Wir schreiben inzwischen das Jahr 2015. Die Zeit verging schnell und so komme ich zum wichtigsten Teil meines Buches. Wie ich zu Gott fand – wo ich ihn fand – wie er ist – was ich schon alles mit ihm erleben durfte – warum ich nie mehr von seiner Seite weichen will und auch nicht werde.

Kapitel 12
Gibt es Gott?

Im Speisesaal des Hauses Kaplan Bonetti sitzend, verbrachte ich den Nachmittag mit einigen Mitbewohnern. Ein Mann – Walter war sein Name – sagte mir, er würde heute noch Besuch bekommen von einer netten Frau. Diese müsse er mir unbedingt vorstellen. In Erzählungen hörte ich, dass er ihr schon öfters von mir berichtet hatte. Dass ich eine junge Frau sei und dass ich hier nicht hingehöre. Dass ich Hilfe brauchte, war für ihn glasklar. Auch wenn ich schon gar nicht mehr daran glaubte, dass es für mich Hilfe geben würde. Etwa zwei Stunden später betrat diese

Frau dann den Speisesaal, in dem wir alle zusammensaßen. Erst betrachtete ich sie aus der Ferne, um einen ersten Eindruck zu gewinnen. Ich wurde so oft von Menschen verletzt, dass ich sehr vorsichtig im Umgang mit ihnen geworden war. Behutsam kam ich dann aber doch näher und setzte mich ihr gegenüber. Der erste Eindruck war gut. Aber ich wollte nichts überstürzen, denn der erste Eindruck kann auch täuschen. Sie hatte kurze, wellige Haare, eine Brille, und stellte sich mir als Anne vor. Wir kamen ein bisschen ins Gespräch. Walter erwähnte ihr gegenüber, dass ich bereits zwei Bücher geschrieben habe. Ich hatte eines für ihn dabei. Doch aus momentanem Geldmangel konnte er es nicht bezahlen und so kaufte sich Anne das Buch. Wir redeten noch ein wenig. Zum Schluss sprach Walter noch einen Satz, der mich tief berührte. „Kümmere dich bitte um Jasmin, denn bei mir kommt jede Hilfe zu spät." Er gab sein Leben auf, um mir zu helfen. Er wusste, dass ich dringend Hilfe brauchte, um aus dieser Situation wieder herauszukommen. Und auch wenn er diese Hilfe dringend selbst gebraucht hätte, nahm er sich raus. Das es mir besser geht, war ihm wichtiger, als die Hilfe für sich selbst zu beanspruchen. Der Abend brach an und Anne machte sich auf den Weg heimwärts.

Nachts schlief ich nicht wirklich gut — immer wieder hallten mir die Worte von Walter in meinem Kopf wieder. „Kümmere dich bitte um Jasmin, denn bei mir kommt jede Hilfe zu spät." In den darauffolgenden Tagen telefonieren wir oft. Immer wieder erzählte sie mir von Jesus/von Gott

(Jesus = Gott). Sie wusste, dass ich der festen Überzeugung war, dass es keinen Gott gibt. Dann wären die ganzen negativen Geschehnisse, die mich so sehr prägten und kaputt machten, nicht passiert. Das hätte Gott nie zugelassen. Er hätte verhindert, dass mich Menschen, und was alles wegen ihnen geschah, jemals so zerstören würden. Niemals. So meine Gedanken zu dieser Zeit. Das sagte ich auch Anne, aber sie ließ nicht davon ab, begeisternd von Gott zu erzählen. Immer und immer wieder kam sie auf Jesus zurück. Etwa zwei Wochen vergingen, bis ich sie zu Hause besuchen kam. Die Wohnung war groß und hell – echt schön. Das Hauptthema, über das wir sprachen, war natürlich? Ja genau – Gott. Sie betete mit mir und die Musik, die wir hörten, war nicht irgendeine, sondern

Lobpreis. Die Zeit verging recht schnell und sie begleitete mich noch zum Bahnhof, von wo ich dann mit dem Zug wieder ins Haus Bonetti fuhr. Schon am darauf folgenden Tag erzählte sie mir von einer Gemeinde, die sich in Langenegg befand. Erst war ich von der Bezeichnung „Gemeinde" etwas verwirrt. Sicher war Langenegg eine Gemeinde, wie zum Beispiel Andelsbuch, Hard oder Lauterach. Aber das meinte sie natürlich nicht. Nachzufragen, war ich nicht gewohnt, aber das musste ich dann gar nicht. Ich glaube, sie bemerkte mein Fragezeichen in den Augen sogar übers Mobiltelefon. Hierbei handelt es sich um eine christliche Gemeinde (Gemeinschaft). Ob ich nicht mal am Sonntag zu einem Gottesdienst mitkommen will. Wirklich begeistert war ich nicht, kannte ich doch nur die

Gottesdienste in katholischen Kirchen. Aber ich kam trotzdem mit. So wie Anne immer von Gott redete, musste da was Tolles dabei sein. Und so war es für mich klar. Aber als wir am darauffolgenden Sonntag dort in Langenegg ankamen, sah ich keine Kirche, wie ich es gewohnt war, mit Kirchturm. Nein, wir betraten einen Raum, wie ich ihn noch nie gesehen hatte. Ich wurde unsicher. Es war ein großer Raum mit einer roten und ansonsten weißen Wänden. Zwei Bücherregale, viele Stühle, eine Empore, Pult, Israelflagge und ein großes Kreuz. Hier soll ein Gottesdienst stattfinden? Na gut, ich lass mich dann mal überraschen, dachte ich bei mir. Am Anfang sang man Lieder, die zur Ehre Gottes waren. Mit einem Beamer wurden die Texte auf eine weiße Wand projiziert.

Ich war nur die typischen, langweiligen Lieder von der katholischen Kirche gewohnt. Aber diese waren ganz anders. Mit Gitarren, Piano, Sängerinnen – die Lieder waren so lebendig. Das gefiel mir. Dann kam die Predigt, aber von ihr bekam ich nicht viel mit, denn ich fing an zu weinen und konnte nicht mehr aufhören. Anne brachte mich danach nach Hause. Daheim angekommen, fiel ich ins Bett und schlief den Rest des Tages.

Es war Anfang April und es fand ein Seminar in der Langenegger Gemeinde statt. Es war freitags, samstags und sonntags. Am Freitag fuhren wir schon kurz nach dem Mittagessen hin, denn der erste Vortrag war schon am frühen Nachmittag. Im Nachhinein gesehen, wusste ich auch dieses Mal nicht viel.

Es ging mir zu schlecht, als dass ich mir groß etwas merken konnte. Der Prediger sprach Englisch, aber dank der Übersetzerin war das nicht wirklich ein Problem. Auch am Samstag sind wir wieder in den Bregenzerwald gefahren. Meine Gedanken waren jenseits von Gut und Böse. Sie schwebten irgendwo im Raum, aber ich konnte sie nicht fassen. Am Schluss gab es noch den Vatersegen und auch den Muttersegen. Davon hatte ich noch nie gehört. 90 % der Menschen gingen nach vorne und ließen für sich beten. Aber ich blieb trotzdem sitzen. Die Schlange wurde kürzer und so meinte auch Anne zu mir, wir sollten hin gehen. Mit wackeligen Beinen schleppte ich mich hin zu der Menschenschlange. Meine Füße trugen mich kaum und so setzte ich mich in der zweiten Reihe auf einen Stuhl, ein wenig abseits vom Geschehen. Ich wartete und die Zeit kam mir wie eine Ewigkeit vor. Ich betrachtete die Frau im grünen Strickmantel und mir fiel auf, dass sie wohl noch jünger sein musste. Sie war sehr zart gebaut und auch nicht besonders groß. Mein erster Eindruck war sehr gut. Sie schien mir nett und liebevoll zu sein, was sich schon kurz darauf bestätigte. Nach einiger Zeit kamen wir an die Reihe. Ich traute mich kaum etwas zu sagen, trotz des guten Eindrucks hatte ich Angst, was sich aber nicht speziell auf die Frau bezog, sondern ein allgemeiner Zustand war. So sagte ich nur zwei Worte zu Anne: „Bitte du." Sie verstand und erzählte der Frau in kurzen Worten, dass sie mich von Walter her kenne, ich auch im Bonetti wohne und es mir absolut nicht gut ginge. Diese Frau in Grün stellte sich mir als Gaby vor, auch ihre Stimme klang nett. Schließlich betete sie für mich und gab mir den Muttersegen.

Nach dem Gebet unterhielten wir uns noch. Gaby erzählte ein bisschen von dem Haus, das sie und ihr Mann Werner hatten. Sie halfen vielen Menschen in Notsituationen. Sie boten ihnen ein sicheres, stabiles und vor allem ein christliches und familiäres Umfeld. In dem Menschen mit ihrer – nein – mit Gottes Hilfe wieder auf den richtigen Weg und somit zurück ins Leben fanden. Das beeindruckte mich doch sehr und es überkam mich das Gefühl, ich sollte ihr das erste meiner zwei Bücher schenken. Ich bat also um einen kurzen Moment und ging etwas wackelig zu meiner Handtasche. „Ach, hier ist einfach zu viel drin." Ich musste schon ein bisschen suchen, bis ich es fand. Aber da fühlte ich es und zog es raus. Das Buch mit meinen Händen fest umschlungen, ging ich wieder zu den beiden und überreichte ihr das Geschenk. Es ist schon spät geworden und so machten auch wir uns auf den Weg heim. Auch am Sonntag war er noch hier, aber ich blieb an diesem Tag zu Hause und ruhte mich aus. Oder besser gesagt, ich schlief mehr oder weniger den ganzen Tag, da ich nicht aus dem Bett kam. Meine Stimmungslage war wieder einmal höchst depressiv, wie so oft die Tage, und ich zog mir die Decke über den Kopf. Noch dazu stand in zwei Wochen eine Operation der linken Hand an. Schon jetzt bekam ich so ziemlich Panik deswegen. Mit Asthma barg die Vollnarkose ein Risiko mehr. Durch den Beatmungsschlauch wurden die Atemwege gereizt, was zu einem Asthmaanfall während der Narkose führen kann. Da könnten die Ärzte dann zwar gleich gegenwirken, aber es war eben eine Gefahr mehr.

Anne erzählte mir von einer Barbara, die in eine andere Gemeinde ging, zu der man gehen konnte, wenn es einem nicht gut ging. Wenn man Traumata hatte, von denen man nicht wegkam oder andere Dinge, die für einen nicht zu bewältigen waren. Dann beteten sie für einen. Sie kannte sich mit Befreiung und den dazugehörenden Themen gut aus. So beschloss auch ich, dorthin zu gehen. Ich griff inzwischen nach jedem noch so kleinen Strohhalm, der sich mir bot.

Nach vier Tagen, am 20. April, fuhren wir in die Schweiz zu ihr. Alles war für mich sehr befremdlich, trotzdem ließ ich es auf mich zukommen. Wieder bat ich Anne, für mich zu erzählen und kurz zu erklären, um was es ginge. Sie betete dann für mich und plötzlich kamen da Laute aus ihrem Mund, die ich noch nie gehört hatte und darum auch überhaupt nicht zuordnen konnte. Nach dem Gebet erklärte sie mir, dass diese Laute „Zungengebet", „Zungensprache" oder auch „Sprachengebet" genannt werden. Plötzlich meinte sie, auch ich hätte die Zungensprache in mir. Für mich war das total abstrus. Nie im Leben. Das konnte ich nicht, da war ich mir sicher. Sie blieb bei ihrer Meinung und ich auch. Ich wehrte mich, ließ es dann aber doch einfach so stehen.

Und sie wurden alle mit Heiligem Geist erfüllt und fingen an in anderen Sprachen zu reden, wie der Geist ihnen gab auszusprechen.

Apostelgeschichte 2,4

Zum Abschluss fragte sie mich, ob ich mein Leben Jesus übergeben will. Hä? Ich war verwirrt. Das hatte ich noch nie gehört. Ob ich mein Leben mit Jesus leben wollte. Beide redeten mir gut zu und so sagte ich ja. Wir beteten zusammen das Übergabegebet. Gut, ich lebe jetzt mit Jesus. Das änderte aber nicht wirklich was an meinem Denken und an meinem Handeln, denn mir war der Hintergrund nicht bewusst. Und so lebte ich weiter wie bisher. An meinem Alltag änderte sich nichts. Anne und ich blieben weiterhin im Kontakt und ich verbrachte ein paar Tage bei ihr. Ich brauchte ein bisschen Abstand vom Bonetti. Am Sonntag, bevor sie mich wieder nach Hause fuhr, begaben wir uns noch einmal auf den Weg nach Langenegg in die Gemeinde zum Gottesdienst. Danach gab es noch Kuchen und Salate zu essen. Wie die Situation zu der Zeit es wollte, aß ich nichts. Wir kamen nochmals mit Gaby ins Gespräch, dieses Mal war auch Werner dabei. Und da kam das Angebot: Sie würden mich gerne bei sich aufnehmen, sofern ich das wollte. Ich war erst mal geplättet und wusste nicht was ich sagen sollte. Schließlich meinte ich nur kurz, ich würde es mir überlegen. Ich müsse am Dienstag ins Krankenhaus zur Operation und danach würde ich mich bei Ihnen melden. So verblieben wir und am Dienstag war es dann soweit. Einer der Zivildiener vom Bonetti brachte mich ins Krankenhaus. Immer wieder kam mir der Gedanke hoch, dass ich das Angebot von Gaby und Werner hatte. Innerlich sträubte ich mich total dagegen. Ich will eigentlich in Dornbirn bleiben und nicht wieder in den Wald. Aber ich war nicht mehr in der Lage, selbstständig in einer eigenen Wohnung zu leben. Dazu war meine Psyche zu instabil und meine Augen zu schlecht. Ich schob die Gedanken hin und her. Von einem Eck in das Andere. Am Mittwoch nach der OP schlief ich dann erst mal. Anne kam mich jeden Tag besuchen und so schnitt ich nochmal das Thema Langenegg an. Sie befand es für gut, entscheiden musste ich natürlich selbst, das war klar. Und so rief ich freitags bei Gaby an. Ich war aufgeregt und wusste nicht recht, wie ich es formulieren sollte. Meine Hände zitterten, als ich den Kontakt auswählt hatte und auf die grüne Taste drückte. Nach ein paar Mal Läuten nahm sie ab und ich fragte sie, ob ich mal für eine Probenacht kommen dürfte. Natürlich sagte sie ja. Die Freude in ihrer Stimme konnte ich nicht überhören. Das zauberte auch mir ein kleines Lächeln ins Gesicht. Ich hatte nichts mehr zu verlieren und schlimmer konnte es auch nicht mehr werden. Es war also einen Versuch wert. Es war Samstagmorgen als die Visite kam und mir mitteilte, dass ich doch schon heute nach Hause kann und nicht erst am Montag. Das sagte ich dann auch Gaby und sie meinte, wenn ich wolle, könne ich heute schon bei ihnen übernachten. Sie würden abends vom Land heimfahren und könnten mich dann in Dornbirn mitnehmen. Gut -

das machen wir so, entgegnete ich. Bis der Zivildiener Zeit hatte mich wieder abzuholen, verging eine Weile und ich kam kurz vor dem Abendessen im Bonetti an. So ging ich dann in den Speisesaal. Ich setzte mich gleich an den vordersten Tisch. Links neben mir saß ein Mann und rechts eine Frau. Als sie etwas falsch verstand, was er gesagt hatte, kam es zu einem heftigen Streit. Beide schrien lauthals, dass es der ganze Saal hören konnte und ich mitten drinnen. Schließlich flog das Essen über den ganzen Tisch und in diesem Augenblick wusste ich, dass ich hier nicht mehr hingehörte, dass ich mich nicht mehr abgrenzen konnte.

Und genau das Grenzen setzen war hier drinnen sehr wichtig. Sonst rutschte man selbst in den Alkoholismus und die

Drogenabhängigkeit und das wollte ich auf keinen Fall. Das war mir klar. So war ich froh, als ich eine halbe Stunde später gehen konnte. Ich lief zum Bahnhof hinüber. Jetzt war ich so richtig aufgeregt und mich überkam die Angst, ob dies alles richtig sei. Was würde mich erwarten? Wie waren die Menschen? Wo ging es hin? Wie schaute das Haus aus? Was, wenn ich eine Panikattacke bekomme? Gaby rief mich noch schnell an, um mir zu sagen, dass sie ein weißes Auto hatten und in zirka fünf Minuten da waren. Mein Herz pumpte wie wild. Als ich das Auto dann sah, wurden meine Knie butterweich. Ich hatte echt Angst. Als ich erstmal im Auto saß, verging meine Angst ein wenig, alle im Auto schienen nett zu sein. Von Gaby und Werner wusste ich das ja bereits. Aber da waren noch zwei andere

Frauen, die ich nicht kannte. Wie sieht wohl ihr Haus aus, dachte ich mir. Eher älter, oder nicht ganz neu. Und dann kamen wir an. Im ersten Moment erschrak ich ein wenig, das Haus war nicht alt – sondern uralt. Damit hatte ich überhaupt nicht gerechnet. Später erfuhr ich, wie alt das Haus war. 300 Jahre – wow. Das faszinierte mich. Ich wollte schon immer mal in einem so alten Haus wohnen. Das Haus vermittelte einem sofort das Gefühl Zuhause zu sein, man konnte sich einfach nur wohlfühlen. Sie zeigten mir mein Zimmer. Das Bett liebte ich sofort. Es war ein altes Holzbett, so wie man es von früher kannte. So richtig urig. Die meisten Fußböden waren aus altem Holz, so wie auch die meisten Wände und Decken. Es faszinierte mich total. Das Haus war recht groß und hatte viele Zimmer. Am Anfang verwirrte mich das etwas, aber ich fand mich schnell zurecht.

In der Zeit in der ich im Bonetti war und dann hierherkam, sah ich wild aus. Ich trug nur schwarze Klamotten, am liebsten mit irgendwelchen Knochen und Totenschädeln. Auch meine Haare waren schwarz und hingen mir tief ins Gesicht, so sehr, dass sie den Großteil verdeckten. Mein Gesicht war voll mit Piercings, 16 an der Zahl. Auch am Rest vom Körper hatte ich noch viele Piercings. Von den Tätowierungen spreche ich jetzt noch nicht mal. Die bedeckten nämlich noch fast meinen kompletten linken Arm, ein Stück des rechten Arms, meinen Rücken und Teile meiner Füße.

Das

war

mein

Outfit.

Schwarz

und voll

mit

Toten-

köpfen.

Dazu:

bunte

Haare

Ja, ich sah wild aus. Und trotzdem erklärten sich Gaby und Werner bereit, mich aufzunehmen. Am nächsten Morgen tranken wir Kaffee, Tee oder was auch immer jeder wollte. Ich hatte meine Entscheidung getroffen und musste diese nur noch mitteilen. Wenn das nur so einfach wäre. Ich formte die Worte schon im Kopf und nahm dann all meinen Mut zusammen und sagte: „Wenn euer Angebot noch immer steht, würde ich es gerne annehmen." Ein Stein fiel mir vom Herzen und sie freuten sich auch. Es war raus und ich konnte erstmal kurz durchatmen. Doch die nächste Herausforderung ließ nicht lange auf sich warten. Ich wollte so schnell als möglich vom Bonetti weg, weil ich einfach merkte, dass ich nicht mehr dorthin gehörte und ich mich nicht mehr abgrenzen konnte. Wenn ich noch länger dort blieb, würde ich genauso in den Alkoholismus fallen, wenn nicht sogar noch tiefer. Trotzdem war mir klar, dass es Zeit brauchte, bis ich hierherziehen konnte. Der Umzug musste organisiert werden und eben alles, was damit zusammenhing. Das Thema musste gar nicht ich ansprechen, Gaby nahm mir das ab. Ihr war klar, dass ich so schnell wie möglich hierher wollte. Und sie konnte es echt gut verstehen. Und so kamen wir zu dem Schluss, dass wir raus fuhren, um das Wichtigste zu holen. So dass ich Klamotten und so weiter für ein paar Tage hatte. Dann konnte ich gleich hier bleiben. In diesen paar Tagen konnte ich den Umzug organisieren, hatte keinen Stress und war trotzdem schon in einem stabilen Umfeld. Wow. Ich staunte nicht schlecht. Das ging ja echt schnell. Und da kamen auch schon die ersten Zweifel. Ging es zu schnell? Hatte ich überstürzt gehandelt? War es wirklich das, was ich wollte? Tat ich das Richtige? Ich wusste auf einmal gar nichts mehr. Halt – jetzt mal langsam. Ich habe die Entscheidung getroffen und es war gut so. Es war meine letzte Chance aus dem ganzen Schlamassel noch irgendwie raus zu kommen. Ich brauchte da einfach Unterstützung und die hatte ich in diesem Haus. So konnte ich mich wieder ein wenig beruhigen und weiter die wichtigsten Dinge zusammenpacken. An diesem Tag war meine Betreuerin nicht da, ich konnte ihr also nicht persönlich von meiner Entscheidung berichten. Und so schrieb ich ihr eine E-Mail, als ich wieder im Bregenzerwald war.

Liebe Gabi,

meine Entscheidung ist gefällt. Ich werde nach Langenegg ziehen.
Bist du morgen Nachmittag da?
Würde gerne mit dir reden. Als Betreuerin würde ich dich auch gerne behalten.

LG
Jasmin

Als Betreuerin konnte ich sie leider nicht behalten, da sie im Bezirk Dornbirn tätig war und Langenegg aber zum Bezirk Bregenz gehört. Das war echt schade, aber es ließ sich nun mal nicht ändern. Wir verblieben schlussendlich so, dass wir trotzdem in Kontakt bleiben würden und uns ab und an mal schreiben.

Gaby und Werner waren am kommenden Wochenende in Hamburg auf einer Hochzeit und so kam ihre älteste Tochter mit ihren 2 Kindern und ihrem Mann an diesen Tagen in das Haus und hatte ein Auge auf uns. An diesem Wochenende war auch der Umzug geplant. Schnell hatte ich auch die organisatorischen Dinge geklärt. Da ich kein Auto hatte, und schon gar kein großes, fuhren die zwei Zivildiener mit einem kleinen Bus und all meinen Sachen zu mir nach Langenegg. Aber erstmal musste alles verladen werden. Und als ich da so vor all meinen Kartons stand, stellte ich fest, dass es viel mehr war, als ich mir gedachte hatte. In meiner Erinnerung hatte ich im Keller zusätzlich etwa 3-4 Schachteln, aber in Wirklichkeit waren es 9 Stück. Von diesem Schock musste ich mich erst mal erholen. Damit hatte ich nicht gerechnet und ich stellte mir die Frage, wo ich das alles hintun sollte. Mein Zimmer war dafür jedenfalls zu klein. Trotzdem mussten meine Sachen jetzt erst mal hier weg und so landete schließlich doch alles in meinem Zimmer. Ich versuchte, Teile davon auszupacken und ein bisschen zu sortieren, was ich gleich brauchte und was wichtig war. Aber in dem ganzen Chaoshaufen fand ich überhaupt nichts mehr. Ich war schlicht und einfach überfordert und fand mich nur wenig später weinend im Bett wieder. Ich wusste gerade einfach nicht mehr weiter.

Auf der Fahrt in mein neues Zuhause meinte einer der Zivildiener noch: „Du wohnst ja echt im Nichts." Mag sein, dass hier nicht viele Häuser sind, schließlich sind wir ja auch im Bregenzerwald und nicht in der Stadt.

Mir gefiel es jedenfalls hier. Ich wuchs ja auch schon im Wald auf, nur nicht hier in diesem Ort, sondern in einem Dorf, etwa 13 Minuten mit dem Auto entfernt von hier. Dieses Dörflein war also neu für mich, aber es gefiel mir hier. Das Wochenende halbwegs gut überstanden, kamen dann montags auch wieder Gaby und Werner nach Hause. Schnell erkannten auch sie mein Platzproblem und suchten eine Lösung. Schließlich zeigte Gaby mir ein anderes Zimmer, welches ein bisschen größer war, als das jetzige. Das war wirklich nett und dort konnte ich auch mehr verstauen, es war gut aufgeteilt. Trotzdem musste ich erst zwei Tage überlegen, ob ich tauschen wollte. Ich hatte mich so sehr in dieses alte Holzbett verliebt und wollte es eigentlich nicht hergeben. Es war ja eigentlich nicht meines – das war klar.

Aber dieses Bett – gemacht, wie sie früher diese alten, etwas verschnörkelten Holzbetten hatten – hatte es mir angetan. Trotzdem entschied ich mich schlussendlich, das Zimmer zu wechseln, ich brauchte einfach den Platz und langsam fand ich Gefallen an diesem anderen Zimmer, das die Zahl „3" an der Türe trug. Eva, die auch in diesem Haus wohnt, hat mir geholfen, meine ganzen Sachen umzuquartieren. Allmählich bekam ich auch wieder den Überblick, wo ich was hatte und die Schachteln, die ich im Bonetti im Keller hatte stehen gehabt, brachte ich erst einmal in ein leerstehendes Zimmer.

Kapitel 13
Erste Erlebnisse mit Gott

Die erste Woche verging recht schnell und in der zweiten Maiwoche war der erste Teil der sogenannten Europakonferenz. Prediger von überall auf der Welt reisten für vier Wochen durch Deutschland, Österreich und die Schweiz, um den Gemeinden dienen zu können. Als drittes war Norberto Sango von Mosambik bei uns in Langenegg. Ich hatte schon einmal ein Übergabegebet gesprochen, aber damals waren es nur Worte. Wenn man sein Leben Jesus übergibt, muss es von Herzen kommen, man muss es ernst meinen und nicht nur einfach machen, weil jemand meint, man muss das jetzt tun. Dann fehlt nämlich meistens das Herz. Es war Freitagabend und Norberto bekam ein Wort von Gott – für mich. Ich kannte das nicht, es war absolut neu für mich. Aber ich ließ es geschehen. Diese Worte, die Gott an diesem Abend für mich hatte, berühren mich noch heute. Gott liebt mich! Ich bin sein geliebtes Kind! Er lässt mich nie alleine! Er steht an meiner Seite Tag und Nacht!

Wow – im ersten Augenblick war ich platt. Im zweiten konnte ich ein Weinen nicht unterdrücken und die Tränen nicht zurückhalten. Da war wirklich jemand, der es ernst mit mir meinte. Da war wirklich jemand, der mich liebte. Da war wirklich jemand, dem es nicht egal war, wie es mir geht. Zu diesem Zeitpunkt wurde mich klar und ich wusste ganz sicher: Gott existiert! Er existiert nicht nur irgendwo, er lebt und liebt seine Kinder! Und ich war so ein Kind, ich wurde geliebt. In der Bibel steht geschrieben, wenn ein Kind zu Gott, zu seinem/ihrem Vater zurückfindet, feiert der Himmel ein Fest. Und so taten wir das am Sonntag darauf. Es gab reichlich zu essen. Kuchen, Muffins, alles Mögliche, und es waren viele Leute da und wir feierten gemeinsam. Es war ein gemütliches

Beisammensein. Anne machte sogar extra einen besonderen Kuchen.

Die Geschehnisse überschlugen sich. Eine Veränderung raste der anderen hinterher. Und auch die Zeit verging schnell. So kam am Donnerstag ein Sprecher aus Südafrika. Werner und ich holten ihn am Bahnhof ab und abends war dann auch schon der erste Vortrag. Am Schluss meinte er zu mir, ich solle meine Piercings entfernen. Ich war völlig entsetzt – das mache ich sicher nicht, dachte ich so bei mir. Aber wir kamen dann wieder vom Thema ab und ich schob den Gedanken erfolgreich zur Seite. Was ich nicht wusste: Er ließ nicht locker und am nächsten Tag würde es wieder zur Sprache kommen. Bei der letzten Veranstaltung am nächsten Tag kam er auf mich zu. Wieder machte er mir klar, dass ich die Piercings heraus tun müsse. Nur dieses Mal sagte er es mit mehr Nachdruck, er meinte es wirklich ernst. Immer wieder versuchte ich ihm klarzumachen, dass sie zu mir gehören. Dass sie meine Identität sind und ich nicht ohne kann. Die Piercings waren ein fester Bestandteil meines Lebens geworden. Erst später wurde mir bewusst, wie sehr sie mein Leben fesselten. Nach sicher 20 Minuten diskutieren merkte ich, dass ich da nicht ohne ES zu tun wieder rauskam. So sagte ich widerwillig ja. Ich zitterte am ganzen Körper, als wir gemeinsam zum Spiegel bei den Waschbecken gingen. Ich hatte einen Kampf in mir, wie ich ihn nicht kannte. Ich hatte zwar schon viele Schlachten auszutragen in meinem Leben, aber so heftig waren sie noch nie. Auch wenn ich es nicht wirklich beschreiben kann, war es total anders – so real. Wir standen also da gemeinsam vor dem Spiegel und er ermutigte mich durchgehend. Er gab mir durch Jesus und das Gebet die Kraft, die ich nicht hatte. Mein Körper bebte, als ich anfing, das erste Piercing zu entfernen. Normal war das für mich kein Problem, aber ich hatte jetzt ernste Schwierigkeiten, das Gewinde zu öffnen und es aus der Haut zu entfernen. Ich war schon routiniert und ich traue mich zu sagen, ein Profi. Bei knapp 20 Piercings nur im Gesicht wohl kaum verwunderlich. Aber es war nicht wie sonst immer, als wolle mich jemand daran hindern, sie für immer zu entfernen. Der Südafrikaner neben mir betete nur noch in Zungen und nickte mir immer wieder Aufmunterung zu. Auch Gaby kam noch dazu und sie betete ebenfalls ununterbrochen. Inzwischen liefen mir etliche Tränen übers Gesicht. Es war, als stehle mir jemand meine Kraft, ich hatte das Gefühl, nicht mehr stehen zu können und jeden Augenblick zusammenzubrechen. Aber ich blieb stehen. Ein Piercing nach dem anderen flog aus meinem Gesicht und ich stand schließlich vor einer Person, die ich nicht kannte. Die Jasmin, die ich da in diesem Spiegel sah, war nicht ich. Das war irgendjemand, den ich noch nie gesehen hatte. Gaby nahm mich in den Arm, aber ich beruhigte mich nicht, ich war viel zu fertig und durcheinander. Die Piercings und den Schmuck, welchen ich trug, wurden sofort in den Mülleimer geworfen und so für immer von mir entfernt.

Die kommenden Tage waren der Horror für mich. Ich wusste nicht mehr, wer ich überhaupt war. In den Spiegel konnte ich erst gar nicht schauen, dass entfremdete mich mir selbst nur noch mehr. Ich hatte das Gefühl, nicht mehr ich selbst zu sein. Keine Ahnung, wer ich bin! Total fremd. Ich wusste nicht, dass da schon bald etwas Positives auf mich zukam. Die Sprecher wechselten und wir hatten jetzt einen Mann aus England bei uns. Er war bekannt dafür, dass Gott in seinen Gottesdiensten Wunder wirkte und Heilungen geschehen. Für die, die sich jetzt fragen, wie das möglich ist. Ja – Jesus hat nicht nur früher Menschen von ihren Leiden geheilt – er macht es auch heute noch!

Als wir dann am nächsten Abend vom Heiligen Geist erfüllt waren und auch danach speziell für mein Knie gebetet wurde, wurde ich geheilt. Ich konnte nur noch mit einer Krücke laufen, er forderte mich auf, ohne Krücken einige Meter zu gehen. Ich hinkte sehr. Als ich wieder bei ihm ankam, betete er wieder für mein Knie und legte seine Hände auf. So ging es ein paar Mal, bis ich dann nicht mehr hinkte und schlussendlich sagte er zu mir: „Renn durch den Raum." Ich dachte, das geht doch nicht. Ich kann nicht rennen. Aber ich nahm mich zusammen und ich rannte tatsächlich durch den Raum. Ein Gefühl von Glück überkam mich. Ich konnte es noch kaum glauben! Meine Krücke konnte ich nach Hause tragen und würde ich nicht mehr gebrauchen müssen! Gott ist so gut! Er ist allgegenwärtig und allmächtig!

Den Termin beim Orthopäden, denn ich einen Tag davor eigentlich gehabt hatte, kanzelte ich, da ich schon dort der festen Überzeugung gewesen war, dass mein Knie geheilt würde. Nun schrieb ich mit Begeisterung ein E-Mail an den Arzt, indem ich ihm dies bestätigte. Seine Antwort verblüffte mich. Ich solle doch bitte einen Termin ausmachen, er möchte sich das gerne anschauen und staunen. Natürlich nahm ich die Gelegenheit beim Schopf, mein Zeugnis erzählen zu können, was Gott Großartiges getan hatte und schon eine Woche später machte ich mich auf den Weg zu ihm in die Praxis. Ich war gespannt, wie er reagieren würde, aber er war sehr offen dem gegenüber. Der Arzt untersuchte mich nochmals und er musste feststellen, dass die Arthrose nicht mehr da war. Dass was ich schon gewusst hatte, konnte er mir bestätigen. Ich war geheilt. Die Frage, die er mir als nächstes stellte, erstaunte mich sehr. „Was kann ich den Menschen erzählen, die das gleiche Problem haben wie du es gehabt hast?" „Sagen Sie ihnen, dass sie auf Gott vertrauen sollen. Bei Gott ist alles möglich, wer an Jesus glaubt, ist frei."

Ich kann viel mehr tun, als du dir vorstellen kannst.

Epheser 3,20

Das Problem mit meiner Identität blieb, aber ich war eine große Last los. Ich konnte endlich wieder anständig laufen, die Stiege runterrennen und Spaß beim Gehen haben. Erst da merkte ich, dass es nicht selbstverständlich ist, dass wir gehen können – überhaupt nicht. Gott hat uns Beine gegeben, damit wir laufen können und wir sollten eigentlich alles daran setzen, dass unser Körper bis an unser Lebensende fit und gesund ist, um solange als möglich Gott die Ehre zu geben. Er hat uns wunderbar erschaffen, also sollten wir auch darauf aufpassen.

Und da stand auch schon die nächste Veränderung vor der Tür. Das erste Mal in meinem Leben würde ich zu einem Frisör gehen. Für mich war das sehr ungewohnt. Erst schnitt meine Mutter mir die Haare, dann ein paar Mal meine damalige Nachbarin und

danach eigentlich nur noch ich selbst. Es war ungewohnt, meine Haare in die Hände eines anderen zu geben. Aber ich ließ mich darauf ein. Momentan hatte ich fast schulterlange, rote Haare.

Was da beim Frisör wohl raus kommen würde? Ich war sehr gespannt. Als Haus Immanuel fuhren wir hin, sie luden mich ab und die anderen drei gingen dann etwas essen. Ich unterhielt mich kurz mit meiner Frisörin und da ich nicht genau wusste, was man mit diesen Haaren anständiges machen konnte, gab ich es in ihre Hand. Nur die Farbe wusste ich: Ich wollte wieder zu meiner Naturhaarfarbe zurück. Sie meinte, sie würde meine Haare hinten ein wenig ausdünnen und dann eine Farbe reingeben, damit sie ein wenig heller werden. Ich stimmte dem zu. Sie fing an zu schneiden und mein erster Blick auf den Boden schockierte mich. Ausdünnen? Da liegen ungefähr 8 cm lange Haarsträhnen! Was macht sie denn da. Ich musste mich erst wieder fangen, ließ mir aber nichts anmerken. Schließlich dachte ich nur bei mir: Sie wird schon wissen, was sie tut. Das Ergebnis war nicht schlecht, nur für mich noch sehr gewöhnungsbedürftig. Jetzt war wieder ein Teil meiner alten Identität verlorengegangen und die neue hatte ich noch nicht so richtig erkannt. Ich wusste nun noch weniger, wer ich war. Da stand ein neuer Mensch vor dem Spiegel, den ich nicht kannte.

Als Gaby, Werner und Eva draußen parkten, erkannte man, dass sie es kaum erwarten konnten, wie ich jetzt mit der neuen Frisur aussah. Gaby kam als erstes rein und schlug sogleich die Hände vor den Mund. Sie war hin und weg. Doch sie bemerkte gleich, dass ich zu kämpfen hatte und nahm mich herzlich in die Arme. Dann kam Werner und das Fotoshooting. Er hielt die Veränderung mit Bildern fest. So würde die Erinnerung nie verblassen, sondern immer beständig sein.

Schon kurze Zeit später passierte etwas Lustiges, das ich euch unbedingt erzählen muss: Wir hatten wieder eine Abendveranstaltung und ich stand vorne. Ich bemerkte, wie sich mir jemand von hinten näherte. Ich drehte mich um und sogleich wurde ich auch gefragt: „Weißt du wo Jasmin ist?" Ich fing an zu lachen und konnte mich kaum noch halten und so antwortete ich nur: „Die steht vor dir!" Ihre Augen fingen an zu leuchten und sie musste sofort lächeln, was mit einer Umarmung endete. Wenn Barbara und ich heute darüber reden, sagt sie mir immer wieder, wie genial Gottes Wirken ist und was er in so kurzer Zeit gemacht hat.

Noch etwa eine Woche hatte ich mit meinem Aussehen zu kämpfen, immer wieder stand ich vor dem Spiegel und wusste nicht, wer ich war. Das soll ich sein? Das kann gar nicht sein. Es war als fehlte ein großer Teil. Doch ganz langsam aber sicher wurde mir klar, dass das nun meine Vergangenheit war und nicht mehr zu meinem neuen Ich gehörte. Ich fing gerade ein neues Leben an. Ich schlug nicht eine weitere Seite in meinem Lebensbuch auf. Ich machte das erste Buch zu und öffnete behutsam ein neues. Ich fing ganz von vorne an, was einmal war, das ist vergangen, etwas Neues hat begonnen. Noch heute sage ich immer wieder: „Gott hat mich nicht verändert. Er hat mich neu gemacht!" Und das stimmt. Wenn Gott etwas macht und wir es auch zulassen, macht er es so, wie es für ihn perfekt ist. Er hat einen Plan für unser Leben! Für jedes unserer Leben. Jeder Tag, jede Stunde, jede Minute, ja sogar jede Sekunde hat er geplant. Er hat alles aufgeschrieben, sogar unsere Gedanken. Er weiß alles, was wir getan haben und alles was wir je tun werden.

Kapitel 14

Nie mehr ohne Gott

Ich habe so viel mit Gott erlebt und dies in einer so kurzen Zeit, dass es mir kaum möglich erscheint, dass das wirklich alles passiert ist. Und das innerhalb von nicht einmal zwei Monaten. Aber bei Gott ist eben ALLES möglich!

Und mit Gottes Hilfe schaffte ich es auch, mich von meinen alten Klamotten zu trennen. Auch das fiel mir sehr schwer. Immer wieder führte ich einen Kampf mit dem Teufel, denn der wollte natürlich nicht, dass ich mein altes Ich aufgebe und mich komplett Gott zuwende, denn dann hatte er keine Macht mehr über mich. Die ganze Gemeinde unterstützte mich, denn ich konnte schlecht ganz ohne Klamotten herumlaufen, ich brauchte was anzuziehen. Schlussendlich füllte ich 5 große schwarze Säcke mit alten Klamotten, die wir dann zur Mülldeponie brachten. Warum die Klamotten weg mussten? Alles war voll mit Totenköpfen, mit Skeletten, alles war schwarz. Eben mein altes Leben. Werner sah die Klamotten und fragte sich, wo es solche Kleidung zu kaufen gibt. Aber noch viel mehr wunderte er sich, dass es so etwas wie diese überhaupt zu kaufen gibt.

Nur zwei Beispiele, seht selbst:

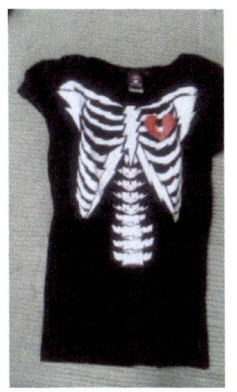 

Wenn ich heute daran zurückdenke, wie ich damals auf die Straße gegangen bin, wie ich ausgeschaut habe, dann wird mir fast schlecht. Ich kann es jetzt nicht mehr verstehen und möchte nie mehr zurück zu diesem Aussehen. Nie mehr zurück zu diesem alten Ich! Weder zu dem Aussehen, noch zu dem Handeln, Denken oder Fühlen. Ich habe meinen Körper lange genug selbst verstümmelt, ich habe nicht nur mich verstümmelt, sondern auch Gottes Schöpfung. Ich fand immer mehr Gefallen an Jesus. Heute könnte ich mir ein Leben ohne ihn nicht mehr vorstellen. Ich beziehe ihn überall mit ein.

So ließ ich mich dann am Sonntag, den 09. August auch taufen. Denn die Taufe bedeutet, sich klar für ein Leben mit Gott zu entscheiden (was man als Baby noch nicht kann) und taufen kommt von untertauchen. Diese Faktoren spielen eine wichtige Rolle. Wir hatten einen Nachmittag Taufunterricht mit Werner, was sehr aufschlussreich war. Der Sonntag kam und wir fuhren zum Gottesdienst nach Singen. Ich fühlte mich sehr schwach, mir war übel und schwindlig, darum wollte ich erst nicht mitkommen. Bin dann aber doch mitgefahren. Es war ein sehr heißer Tag und beim Heimfahren passierte es dann: Ich wurde erst bewusstlos und kollabierte danach noch zwei weitere Male. Ich schnappte nach Luft, bekam aber keine. Der Körper eiskalt und schweißüberströmt. Ich saß hinten in der Mitte im Auto, mit Decke, da mir kalt war. Rechts und links neben mir beteten sie ununterbrochen, während Gaby immer wieder sagte, ich soll durchhalten bis zum nächsten Autobahnparkplatz, der glücklicherweise in vier Kilometern war. Und das war kein Zufall, denn Gott hat alles im Griff. Sie legten die Decke ins Gras und trugen mich vom Auto auf die Decke. Mein Asthmaspray kam mehrmals zum Einsatz und sie versuchten, mir Wasser aus der Flasche zu geben. Ich selbst war zu schwach, um die Flasche halten zu können. Langsam beruhigte ich mich wieder, ich atmete wieder halbwegs normal. Und so halfen sie mir wieder ins Auto. Aber es dauerte nicht lange und das Spiel ging wieder von vorne los. Ich nahm kaum noch etwas um mich herum wahr. Alles schien so weit weg! Trotzdem wollte ich mich heute unbedingt taufen lassen. Das würde mich nicht daran hindern! Abends fuhren wir dann zum Alpsee, der gleich mal über der Grenze lag. Wir Täuflinge waren zu fünft und viele Freunde und Geschwister der Gemeinde kamen. Meine Kräfte ließen nach, doch dies hielt mich nicht von der Taufe ab. Der Moment der Taufe war wunderschön, ich war entschlossen und mir war, als ob sich der Himmel über mir öffnen würde. Das Wetter war übrigens so wie ein kleines Wunder. Als wir

Zuhause wegfuhren, fing es heftig an zu regnen, als wir am Alpsee ankamen, war kein Regen mehr. Und genau als die Taufe vorbei war und wir uns zu den Autos begaben, fing es an, in Kübeln zu schütten.

Als ich bei der Taufe wieder aus dem Wasser kam, war alle Schwäche, all die Schmerzen wie weggeblasen. Ich hatte zwar noch keinen Hunger und trank beim anschließenden Eis essen nur eine Cola, aber ich war wie neu. Das war gewaltig, was da gerade passiert war. Gott ist so gut!

Mein Leben ist gespickt mit Dingen, die ohne Jesus kaum möglich sind. Ich bin beispielsweise im Lobpreisteam unserer Gemeinde, in der wir Lobpreislieder singen. Aber es geht nicht um das Singen selbst. Es geht nicht darum, wer besser und schöner singen kann. Es geht darum, Gott anzubeten, ihm die Ehre zu geben. Ich habe mein Leben Jesus gegeben und er verdient jedes Lob. Er verdient mehr als von uns angebetet zu werden. Es waren Lieder, von denen ich noch nie etwas gehört hatte. Weder Melodie, noch Text. Aber trotzdem konnte ich alle Lieder von Anfang an auswendig. Sie waren so in meinem Inneren vertieft, als hätte ich nie etwas anderes getan als diese Lieder zu singen. Und das ist auch heute noch so. Wenn wir ein älteres Lied hervorgraben, das ich noch nie gehört habe – ich kann es einfach. Ich muss mir keine großen Gedanken über die Texte und die Melodien machen und so kann ich Gott einfach anbeten.

Ich baue auch sonst Gott in mein Alltagsleben mit ein, nicht nur sonntags im Gottesdienst. Den Tag beginne ich meistens mit Bibellesen. Wenn eine Herausforderung vor mir liegt, frage ich Gott um Hilfe. Weiß ich grad nicht weiter, bitte ich Gott um Rat. Das habe ich schon oft getan und es war immer gut. Schon seit Jahren bin ich sehr allergisch auf Äpfel. Ja – hört sich seltsam an, ist aber so. Doch eigentlich finde ich Äpfel total lecker. Es heißt auch, wir sollen Gott voll und ganz vertrauen! Und nachdem Gott schon so viel in meinem Leben getan hat, vertraute ich ihm auch die „Apfel-Sache" an. In dem Moment, als ich ihm dann voll vertrauen konnte, aß ich einen Apfelschnitz. Und was war: Gar nichts! Einfach nur Genuss. Normal hätte ich sofort Juckreiz im Mund- und Rachenbereich verspürt, in der Folge wäre dann alles angeschwollen. Aber nichts von all dem ist aufgetreten. Ich habe ein bisschen gewartet und wisst ihr, was ich dann getan habe? Ich habe einfach den ganzen Apfel gegessen! Heute esse ich noch immer Äpfel, fast täglich und ich genieße sie einfach nur. Für mich sind sie jetzt noch viel leckerer als vorher.

Noch etwas kann ich heute durch Gottes Hilfe machen: In den Wald gehen, ohne dass ich überall halb verweste Beine liegen sehe, wo gar keine sind. Schon seit Jahren bin ich weder in den Wald gegangen, noch in Gebiete mit Schilf. Der Hintergrund dieser Geschichte liegt darin, dass wir vor vielen Jahren – ich war ungefähr 7 Jahre alt – einen Verwandten suchten. Er wurde vermisst, hatte Alzheimer und fand nicht mehr nach Hause. Nach drei Monaten verzweifeltem

Suchen dann die ernüchternde Erkenntnis: Er wurde gefunden, doch leider nicht mehr lebend. Am Abend schauten wir dann „Vorarlberg Heute" an, die einen kurzen Bericht brachten, dass man den seit drei Monaten vermissten Mann gefunden hatte. Dabei blendeten sie ein Bild ein, das sich in mein Gehirn gebrannt hat: Seine halbverwesten Beine mit einer dunkelblauen Hose, dunkelbraunen Schuhen, im Schilf liegend, mit einzelnen Schneefleckchen, da es bereits November war. Das in diesem Alter sehen zu müssen, war ein absolutes Trauma. Und auch wenn ich heute noch oft daran denken muss, wenn andere Menschen Verwandte und Bekannte suchen, kann ich doch damit umgehen. Es tut nicht mehr weh – die Erinnerungen sind jetzt neutral. Selbst Jahre an Therapie konnten dieses Trauma nicht brechen, aber Gott in deinem Leben kann das machen! Das erste Mal ging ich nicht ganz freiwillig in den Wald und eigentlich hatte ich mich total dagegen gesträubt, aber ich vertraute auf ihn, den Herrn, und ging mit den anderen mit. Erst nach einiger Zeit bemerkte ich, dass ich nirgendwo im Wald diese Beine gesehen hatte. Das lag nicht daran, dass es ein anderer Wald war, was jetzt vielleicht manche denken – nein, es war Gott, der seine Herrlichkeit wirken ließ.

So vieles ist geschehen, seit ich meinen Weg mit Gott gehe. Und alles – ja wirklich alles – war nur positiv! Und wenn es anfangs nicht so schien, dann wurde es ins Positive gewandelt.

Denn von Gott kommt nur Gutes! Alles Unheil ist nicht von ihm.

Und wir wissen, dass für die, die Gott lieben und nach seinem Willen zu ihm gehören, alles zum Guten führt.

-Römer 8, 28

Er verspricht uns, dass er immer da ist. In guten und auch in schlechten Zeiten. Und ich möchte auch nie mehr ohne Gott sein!

Herr, du machst die Finsternis um mich hell, du gibst mir strahlendes Licht.

-Psalm 18, 29

Ich habe dich wunderbar geschaffen.

-Psalm 139, 14

Ich tröste und ermutige dich, und ich gebe dir Kraft.

-2. Thessalonicher 2, 16 & 17

Dies sind nur drei kleine Gedanken, die Gott über uns hat und es gibt noch so viele mehr. Wir sind seine geliebten Kinder und er unser Vater im Himmel.

Am ersten Sonntag nach Neujahr kam eine Glaubensschwester zu mir und begrüßte mich mit den Worten: „Unser Wunder."

Dank Jesus fühle ich mich heute lebendig!

DANKE JESUS!

And when I have no voice, and when I have no tongue – I would dance for you like the rising sun

-Colton Dixon/You Are (Song)

Und wenn ich keine Stimme habe, und wenn ich keine Zunge habe – dann werde ich für dich tanzen wie die aufgehende Sonne

Weitere Bücher

Ein Teil ihres Lebens

Lili ist ein stilles, in sich gekehrtes Mädchen, das keine Freunde hat und sich generell schwer tut, mit anderen Menschen in Kontakt zu treten. Doch als sei das noch nicht genug, wird Lili plötzlich von einem Schicksalsschlag nach dem anderen getroffen...

Letzte Worte

Haben auch Sie eine einzigartige Bindung zu besonderen Menschen? Menschen, die Sie über alles lieben? Dieses Buch erzählt eine Geschichte über Menschen, für die ich alles tun würde. Und so lasse ich sie für immer leben.

Leben

Wie das Leben so spielt. Kurzgeschichten, Gedichte und eine Leseprobe von „Die Rückkehr". Es ist nicht selbstverständlich, dass uns ein Leben geschenkt wurde. Gott sei Dank und Ehre!

Dankeschön

Ich möchte mich bedanken bei:

- Gaby und Werner Lins, die es mir möglich gemacht haben, in ein stabiles, christliches Umfeld zu kommen und dadurch Heil werden zu können

- all den anderen Menschen, die mich auf meinem Weg unterstützen und fördern

- aber ganz besonders möchte ich mich bei Gott bedanken! Er hat mich gerettet, er hat mich geheilt, er liebt mich. Ihm sei alle Ehre!